空　　蘏

游善鈞
著

【名家推薦】

台灣邁向超高齡社會的趨勢難以逆轉，低生育率與人口老化，也逐漸帶來許多在經濟發展以外，許多始料未及的社會問題，近來亦已備受討論與關注，甚至成為難以迴避的「國安問題」。游善鈞的《空繭》，乍看之下有著相互疊錯的雙線架構：主角「我」藉由音樂、影像、文字與性展開的生命探索，這些歷程中夾雜著複雜的、各種形狀與形態的愛，以及揮之不去的「家」的夢魘；另外，即是詭異的犯罪事件，在重重的巧合裡，令人不安地引爆了更巨大的震撼與悲哀。

然而，綜觀全書，《空繭》的雙重結構如螺旋般隱晦地交雜，以「身體」作為隱喻和線索；失蹤的男人、詭異的屈肢、如卵般糾纏的罪與惡，恐懼中的淡然巧妙結合愈趨長壽的銀髮人口於社會、家庭內的尷尬處境，最終不協調的碰撞與爆發，竟徹底顛覆了對「正義」、「真相」的普世思考。

作者游善鈞除了是小說家，也是出色的劇本創作者，因此在《空繭》中不僅有許多栩栩如生的畫面，人物間的對話，也值得再三推敲與細思；或者說，這部小說最大的懸疑，或許不在於犯罪案件本身，而在於人——關於記得、遺忘與再記憶，以及啟動或喚醒這些的方式。

——洪敘銘（犯罪推理文學研究者，文創聚落策展人）

如果有機會，我大概會想再次引用尼采說的這句話——

瘋狂對個人來說是例外，對群體來說是常態。

1

一直以為自己和大多數人一樣，是長大後才開始討厭雨天的。

但其實不是。

眼睛還沒睜開，便聽見爭吵聲。一男一女。

一時間，以為自己回到了十多年前的那個下午。那個下午，和今天一樣下著雨，被雷聲驚醒中斷午睡的我，光著腳丫子來到一樓。正想溜進廚房倒杯柳橙果汁解渴，腳尖才剛踮起，腳背才剛弓起，喉頭滲出一層甜膩的薄膜——聽見書房方向隱約傳來聲音。

夾雜其間的雨聲彷彿雜訊，反倒教人更好奇隱藏在那裡面的東西。

下意識屏住呼吸，宛如撥開濃得化成糨糊的稠霧，我一步步往那扇未徹底關闔的厚重木門靠近。

來到門邊，門板上雕刻的花朵盛開在頭頂。彎著身子往那道口子湊過去。

從敞開的縫隙間，看見爸媽用以往從未見過的猙獰表情衝著彼此咆哮。

那瞬間，突然有股強烈的錯覺，心想會不會是因為梅雨季驟然上升的濕氣，才讓爸媽平時好端端掛在臉上的面具受潮脫落？

「我跟你說喔、你要是不把你媽送走，就離婚好了！沒什麼好說的。」
「拜託一下，妳可不可以稍微講理一點？她是我媽耶我怎麼可能——」
「誰管你！我們不是早就說好了嗎？你現在怎麼可以反悔？你怎麼可以反悔？」
「所以妳到底想怎麼樣？」
那個「爸爸」話一說完，像是不想聽到任何反駁，隨即抓起書桌上海豚造型的水晶紙鎮狠狠往地上砸去。
撞擊大理石地的響亮碎裂聲在我的肌膚上掀起比方才打雷時更加密集的雞皮疙瘩。
「我要她離開這個家。」
那個「媽媽」說。聲音很冷。
現在回想起來，或許就是從那時候開始，在自己的潛意識裡，總認為只要一下雨，就會發生不好的事。
人是一種會忽然間明白某個道理的生物。
我睜開眼睛，眼前是一大面被透明雨水蜿蜿蜒蜒割花的玻璃車窗，耳邊還迴繞著方才夢境裡的「家」的餘音，女性的聲嗓讓後頸汗水益發黏膩。
「搞屁喔——快一點啦！快要趕不上派對了！」
坐在後座用高尖嗓音叫嚷的，是我的青梅竹馬顏安婕，綽號「莉娜裘莉」。她呼風喚雨的學生時期正好是好萊塢性感女星安潔莉娜裘莉當紅的年代。此刻，她雙手扣住前座椅墊上半身大幅度前傾貼住椅背，指頭頻頻摩擦我胳膊內側，幾乎把我的耳朵當作話筒——不過所幸如此，很快將縈繞在腦海深處來自過往的幽魅回音覆蓋過去。

呼吸頓時恢復順暢。

她適才話中提到的「派對」，指的是婚宴正式開始前的迎賓餘興活動。

印象中，新娘鄭伊文從以前就喜歡這種麻煩事……例如擺明只是一場老師用來打發學期末剩餘時間的同樂會，她卻要大家分組佈置教室，甚至還逼著每組抽籤各自準備一個節目表演。

想起當時跳的舞就想挖洞鑽進去。

鄭伊文是我和莉娜裘莉的國小同班同學，因為不分季節臉頰總是紅通通的，小時候比起本名，大家更常叫她「TAKO」這個班導取的外號。那時我們三個人經常玩在一塊兒。可是打從畢業進入不同國中有了新的生活圈以後，彼此便自然而然漸少連絡。

也因為這樣，得知莉娜裘莉多年來居然一直和對方保持聯繫、三不五時還會相約一起吃飯逛街，我不由得大為詫異。事實上，這次也是莉娜裘莉的緣故，才使得我和TAKO兩人重新搭上線——自己也因此才會在睽違多年之後，又一次回到這個地方。

「你醒了？」握著方向盤的男子瞥向我問道。

粗框眼鏡的黑色邊框將他的眼神遮去一部分。

都換了三個月，還是沒辦法習慣這副眼鏡——雖然上一副是被自己壓壞的就是了。

那副醜眼鏡壞掉剛好而已一點也不值得惋惜。

我說過，真的是不小心壓到的。

「礦泉水是新的，我換過了。」他說道。

順著他的話，我抽起塞在車門邊狹長置物空間裡的寶特瓶。瓶身出乎意料冰涼。

山區偏遠地帶，再加上天候不佳，廣播發出沙沙、沙沙雜訊聲響，集中精神才聽出現在播放的是鬼束千尋首張專輯中自己最喜歡的一首歌，*Back Door*。

Where is the back door？
Where is the back door？
Where is the back door of myself？

聲音模糊，更顯聲嘶力竭。像要把整個人磨碎似的。

沙沙、沙沙——

他伸手扭斷廣播。車內陷入片刻安靜。

重新握緊瓶身，喀啦喀啦一股腦扭開蓋子，仰頭一口氣灌掉半瓶。冷水把頸部肌肉瞬間揪成一束。將瓶子湊向他，他小幅度擺擺頭。不喝就算了。正準備抽回手，反倒是身後的莉娜裘莉打直胳膊攔截過去，就著瓶口直接喝起來。

和身邊駕駛座上的男子相視一笑。

他，我的他，名叫張佑成，綽號阿成，是我的男友——也是莉娜裘莉的前男友。

相信我他並不是BI（Bisexual）。

「會暈車的人還搶著坐什麼副駕駛座！是不會幫忙看一下路喔。」她從我手中搶過瓶蓋使勁旋上。

「有夠好笑，堅持說不用開導航的人到底是誰？」我側過臉回嘴。從這個角度只能看見她三分之一的臉。

「那個、我記得、我記得明明是往這邊沒錯！路跟以前差不多。」莉娜裘莉迫不及待對號入座，隨即又壓低音量自顧自嘀咕道：「奇了怪了？明明……明明就是這邊沒錯……難不成是鬼打牆喔？」

我的天，居然連鬼打牆都跑出來了——果然是她的風格。

「我開一下導航。」忍住冷笑的衝動，我從西裝褲口袋抽出手機。突然感到一陣頭昏目眩……又開始暈了。後腦杓用力抵住皮革枕墊，同時點開導航ＡＰＰ反手往身後莉娜裘莉手中一塞。

「不用啦、唉呦、你這個ＡＰＰ我不會用啦！就跟你說我知道路——左轉、左轉，過這條路後左轉就對了！」她硬是將手機推回來。

「妳確定？」我挑起眉尾，忍住作嘔感偏著脖子，又一次將頭稍稍撇向後方。「我怎麼不記得這邊以前有這間檳榔攤？」

「拜託你都多久沒回來了？話說還不是因為你們太晚出門——是有什麼好拖的，是在打砲喔？」沒有理會我的話中帶刺，把手上的寶特瓶朝旁邊空位一扔，她將挑染深褐色的長髮往後梳攏，收回雙手後順勢環扣在胸前，重重躺入椅背，座椅發出噗咻空氣被快速擠壓而出的細微聲音。「一下雨，路看起來都不一樣了。」照後鏡裡的她放鬆嘴角說道，往大雨滂沱的窗外悠悠望去。

一下雨路看起來都不一樣？最好是啦。其它地方怎樣我不敢確定，可是至少斗六——甚或是整個雲林，基本上和自己當年離開時大同小異。

我正打算反駁：路最好是會變！一時間心虛語塞，咧嘴偷偷瞄阿成一眼。

儘管她只是隨口開了個玩笑，卻無意間矇中了。

下午看完動畫《我們這一家》的重播，我們確實「把握時間」在check out退房前匆匆打了一砲。

「真的是這個方向嗎……怎麼感覺愈來愈偏僻了？」我從置物櫃裡翻出喜帖，封面是新郎新娘的甜蜜合照。

掀開來，上頭用娟秀的字體印著：劍湖山王子大飯店，七樓禪園中餐廳。

「你也開太慢了吧？早知道就我來開！」

雨愈下愈急，短時間承受大量水流的車窗像是快溶化了。

阿成調整雨刷速度。摩擦聲愈來愈緊，感覺像是被誰掐住脖子一樣，呼吸忽然間跟著急促起來。

「這裡限速六十，而且——妳出發前才剛喝了啤酒。兩罐。」

阿成一本正經說道，集中精神目視前方路況。

顏安婕這個小酒鬼。我在心中咕噥，偏偏生得一張清秀臉孔，要是說給她照顧的那些老人聽，對方肯定會連連搖頭叨唸道：「胡說八道，我才不信！我們小婕才不是那種人，去去去！去去去——」

然後皺起臉猛擺手像驅趕蚊子那樣將自己揮撣開來。

「怕什麼罰單，這地方不會有警察啦！」她甩了甩手。

阿成煞有介事用力咳一聲。

我不禁莞爾。

莉娜裘莉當然知道他去年才剛升上兩線二，是個貨真價實的警察。

看阿成的表情和繃住的嘴角似乎很想提醒她：後座也要繫安全帶。

「妳急什麼，反正下這麼大的雨，我看派對應該也『泡湯』了。」

雖然沒有註明，但根據以往經驗，婚宴前的派對通常在戶外舉行。

說著自以為幽默的雙關語，我緩頰道，闔起喜帖往出油的臉頰一連搧好幾下。今年和去年一樣是暖冬，別說台北沒太多機會穿大衣，中南部根本熱到可以穿短褲……話說如果不是阿成阻止，我還真的打算穿短褲出席這場喜宴。或許還會再加上鑲嵌霧面鉚釘的吊帶也說不定。

「拜託，飯店耶，你們專業一點好不好！人家應該會準備雨備場地吧？如果我們早點到的話，說不定還可以順便去遊樂園玩一下……我記得喜帖裡面不是有附門票折價券嗎？你也是吧？好久沒去劍湖山玩了——不過前提是如果我們早、一、點、到、的、話。」

「妳確定是走這條路沒錯？」阿成忍不住開口確認道。

簡單一句話便澆熄她滔滔不絕的氣燄。

莉娜裘莉還沒回答他的話，四周驀然一暗，鑽過一小段隧道，視線重新亮起時，眼前道路冷不防變得狹窄，只能容許一輛車通過。

覺得不對勁，神情變得嚴肅的阿成提高警覺放鬆油門，將車速放得更慢，車子往右前方唯一一條彎路緩緩駛去。

地面崎嶇嶙峋，可以明確感受到地勢陡然起伏，雨水混雜泥沙匯聚成極其混濁的滾滾泥流，沿著較為低斜的兩側汩汩湍洩而去。大概是烏雲疊嶂的緣故，還不到四點半，天空已然一片暗沉大黑，周遭樹椏張牙舞爪黯黯黲黲，鄰側的山坡總覺得隨時都會坍方走滑。

「我、我看一下喔——」莉娜裘莉囁嚅著急滑開手機，螢幕霎時打亮她那張毫無血色的臉孔。

「石……石……石牛溪？好、好像不對——方向好像不對……剛剛在鄉公所那裡轉錯邊了。」

「這裡、應該沒辦法迴轉……」解開安全帶，我嘀咕著縮起身子探向後方確認。「路太窄了。」

「我試試看。」

「我幫你看。」我按下車窗，雨水飛濺進來，順勢打進一隻小昆蟲沾上照後鏡。

「你衣服會弄濕——沒關係我自己看。」阿成立刻升起我面前的車窗，我連忙抽來一張衛生紙把蟲子從縫隙趕出去。

「還是我們一個下去幫你看？」從這個角度根本看不清楚。

不等他回應，我已經一手按住車門把手，一手勾起塞在腳邊的摺疊傘。

「沒關係。」他阻止我，不容分說一把抽回傘。

「停、等一下、停！不要再退了，後面有一條很大的溝！」我尖聲喊道。一瞬間，腦海閃過「赴宴途中三好友於山間墜車落難」這個粗黑斗大的新聞標題。「我覺得我還是下去看一下……」側過身準備下車的時候，餘光瞥見莉娜裘莉的面孔益發死白，簡直像一張紙，像被眼前進退維谷的情況給怔出魂。

「不用。你們等一下，先不要動，我試試看可不可以不迴轉……直接把車倒出去。這條路沒車，我試試看。」說著他解開安全帶，按住椅背的同時上半身扭向車尾直接觀望後方路況，就這樣一路把車往後倒。「應該OK了。到這裡就可以迴轉。」他試著報些好消息讓我們兩人放鬆心情。

順著他的視線望過去，也不知道是被這場暴雨遮蔽視線，還是方才一時過於情急，竟然沒發現不遠處便有一小片空地。這片被人遺忘的空地堆滿隨意扔棄諸如沙發、冰箱、立式檯燈和映像管電視等家具。這些胡亂疊搭的大型垃圾從側邊倚靠著一個跟衣櫥差不多大小的鐵皮倉庫，倉庫彷彿承受過多壓力往另一個方向傾斜，簡直像是快被連根拔起。

角度受限的緣故，阿成將車子倒退到空地入口旁邊，讓車頭先進去打算調頭。輪胎顛簸輾過粗礪石子地。

說也奇怪，不曉得是不是錯覺，好像進入另一個空間一樣，車子一駛入被荒煙漫草圈繞住的空地，周遭轟轟雨聲剎那被拉遠開來。

「我再往前開一點比較好倒車。」大概想藉由說明自己目前的行動以便持續安撫我們的情緒，阿成低聲說道，接著深深踩下油門，車子倏地加速往前，在那棟大幅度歪斜的單間倉庫前及時停煞，忘記繫回安全帶的我重重彈了一下，反射性伸手撐住前方的置物櫃。「抱歉——你還好吧？還是先把安全帶繫上比較保險。」

說完才想到不光是我——他趕緊將自己的安全帶重新扣上，深呼吸一口氣後把車頭燈切換成大燈，前方以金屬構成的倉庫頓時聚集更多光亮，顯得一整片顏色單調底蘊卻異常飽滿的白。過於刺眼。我迅速移開目光，下意識看向照後鏡——不知道什麼時候，莉娜裘莉已經扣上了安全帶。

阿成俐落換檔，車子開始往後倒退。雨聲又一次漸強。

「我、我先打電話給伊文說我們會晚點到——」

「人家現在應該在忙吧？」語末我擠出笑聲。

「拜託、我們是什麼關係！」莉娜裘莉重新打起精神。「聽她說她還叫她二哥從美國帶回來巧克力，上面好像還印了他們的結婚照！啊、還有、還有伴娘伴郎昨天練舞練了一整晚……不知道他們要跳哪一首歌？應該是進場的時候要跳的吧？會在第幾次進場跳啊？不知道他們會進場幾次？拜託拜託千萬不要是*Marry Me*！聽都聽膩了，伊文說要不是因為我人在台北不方便，她原本想找我一起——」

她連珠炮似的說道，話還沒說完，就在這時，一股風聲驟然炸出，一陣強雨伴隨風勢狠狠刮來。不只是車子，連眼前的鐵皮倉庫也跟著劇烈震了一下，發出轟然巨響。

「咦？」

嘰——

尖銳一聲，或許是年久鎖匙鏽蝕鬆脫，在剛剛的衝擊下，只見倉庫門板緩緩移動，向外敞開。

咚。

失去門板的支撐，一樣東西從倉庫霍地倒出來，砸在石子地面發出沉重鈍悶的聲響。

彷彿被按下靜音鍵，饒舌的莉娜裘莉霎時安靜下來，讓車內顯得分外死寂。接連彈落在車身上的豆大雨珠將車子搖得陣陣作響，感覺此時此刻宛如置身在一個被用力晃動的沙鈴之中。

橫陳在眼前的，是一個用寬版灰色膠帶神經質層層交纏綑起的物體。

但真正讓人雙眼發直的原因是——那個倒在我們車前的物體不管怎麼看，其輪廓形狀都像極了一具人體。

2

「好吃嗎？」

我頓了一下，才意會過來對方在問什麼。

「菜單不是傳給你看了？」

他在問昨晚的喜酒。

「看起來還不錯。」油頭男子一面操作咖啡機，一面說道。

總是梳理伏貼髮型襯衫扣到喉結處第一顆鈕釦的男子是這間餐館——Champagne Risotto的店長。

雖然店名取名為「香檳燉飯」，卻是一間沒有提供香檳、更沒有提供燉飯，菜單上頂多只列出幾樣三明治、帕尼尼還是鬆餅等輕食甚或近期為了生存而在午後四點半推出家常水餃的複合式咖啡店。

工作好一陣子，某回按捺不住好奇心，問了店長店名由來，才發現有多麼任性。

「有一年，我在義大利旅行——」

「一個人？」

「對，一個人。背包客。那時候，剛好在某個剛認識的朋友家一起跨年——」像是猜到我想問什麼，他逕自補述道：「一九九九跨二〇〇〇年。」

「千禧年。」

充滿未知，以為什麼都會改變的一年。

有恐懼，但也伴隨著期待。

「對，千禧年。」當時的自己在做什麼呢？我完全想不起來，只記得真正跨過去之前好像跟身邊的所有人一樣有那麼一點點亢奮。他繼續描述那次的經驗，眼底煥發之後的日子裡少見的光采——現在回想起來甚至覺得有點不像他。「那時候我才知道，原來義大利人在新年的時候，會把香檳、連帶整個裝香檳的玻璃瓶喔，整個直接戳進剛煮好、還熱騰騰的燉飯裡——然後等待一小段時間，香檳瓶會突然『砰』一聲把軟木塞彈出去。第一次看，過程很神奇，也很意外，讓人有一股想大喊『surprise』的衝動。這道菜的最後一個步驟，就是將溢出來的香檳拌進燉飯就可以開動了。」

「是因為熱度讓瓶子裡的空氣膨脹了吧？」

他點了點頭。「我想是。不過，我那時候沒有想這麼多，只是覺得大開眼界，真的有一種，砰！『茅塞頓開』的感覺。」

在義大利和甫認識的當地朋友一同跨年，而後茅塞頓開——我想他的身體裡確實流著背包客的血液。

也印證了人類果然是會忽然間明白某個道理的生物。

「回台灣以後，我就開了這間店。」
一開就開了十六年。
回想起我們相識的經過，也算是挺戲劇性的。
我們是在游泳池認識的。身材高大厚實、體格健碩肌肉線條恰到好處的他是游泳池同志圈公認的「天菜」。也正是因為這些條件，讓我誤以為他是「圈內人」，慫恿朋友對他展開攻勢：例如趁對方走進淋浴間時拉開浴簾，脫下泳褲撥弄下體起反應讓對方「驗貨」。明目張膽的挑逗。
見對方沒回禮，我想大概是因為朋友不是他的菜。
沒想到，後來他居然將朋友約出去，一臉歉疚說：「很抱歉，雖然我沒有和任何人交往過，但我想我喜歡的，應該是女生。」
「我的天，超一本正經的！你知道我當下有多想死嗎？」朋友拼命用吸管攪動夏季水果茶裡融成不規則狀的冰塊。
都四十好幾了，交往經驗還是零，還有比這更gay的事嗎？
彼時我不禁在心底如此吐槽。
事情就是這麼奇妙……明明開頭的並不是「我們」，之後卻是我們兩個人將故事延續下去。從在游泳池三不五時有一搭沒一搭閒聊，到他教我仰式我教他抬頭蛙，最後延伸到游泳池以外的社交場合：例如買書、看電影、逛展覽、吃下午茶、買阿成的生日禮物……

然後，有一天，他得知我在找打工賺生活費，便問我要不要到自己的咖啡店工作？

「之前打工的女大學生畢業，要搬回宜蘭了。」他說道。

就這樣，我在這裡待了將近一年。不知怎地，收到第一個月的薪水時，有一種「終於安頓下來」的微妙感慨，除了偶爾意識到這個寒假結束以後就是碩六下學期、以及最近正在躲指導教授諸如此類的現實困境。

「你覺得那家飯店不好吃？」見我沒回應，他追問道。

總覺得有些奇怪，這不像是他會感興趣的事。

「味道還可以，不過量有點少。」我還是回答了他。

「你們那桌坐幾個？」

「坐滿，十個。」幽暗雨夜裡的畫面猛地浮現腦海，隨著車頭燈光亮視線受到牽引般往前拉動，眼看就要回想起當初那個畫面——我話鋒一轉隨即扯開話題：「黑咖啡？沒人點黑咖啡吧？」朝櫃檯內規律轉圈的手沖壺努了努下顎。

「我要喝的。你要嗎？」

我搖了搖頭。「你不是早上才喝過一杯？」

一般來說，他要到晚上才喝第二杯。

上午是黑咖啡，晚上那杯則是拿鐵、卡布或者維也納之類的花式咖啡。

「昨天沒睡好。」他答道，緊緊抿住嘴角，似乎費了好些力氣才憋住——「那麼你有睡好嗎？」這句話。

揣度對方心思的瞬間，這回，昨晚的情景避無可避歷歷在目——遭到寬版膠帶綑綁交纏猶如木乃伊的人體，砰！清亮一聲摔落在地激起漫天銀色水花往車頭噴射過來。

「啊，節目要開始了。」刻意拔尖聲音甩開那些亂七八糟的思緒，將襯衫袖口一圈圈反捲至手肘，我快步來到牆邊的小桌，俯身扭開廣播。

店長抬頭看一眼壁鐘，細聲嘀咕道：「好快，已經三點了。」

聽著熟悉的片頭音樂，我別過頭環視店內一圈。

由於是平日午後，客人稀疏，店裡顯得格外冷清，只有靠窗的一桌客人和窩在角落空調底下大概是翹課的學生情侶。這附近沒有捷運，距離最近的公車站是青年公園，可是班次不多，因此要來這裡的客人，我們通常會建議他們在南機場公寓下車，儘管步行多上三、四分鐘，公車路線的選擇卻更有彈性。

學校老師有沒有發現他們消失了呢？又或者是乾脆睜一隻眼閉一隻眼放牛吃草？他們的同學又怎麼想？如果他們的爸媽知道了，又會怎麼說？會打罵自己的孩子，還是會責備老師沒有盡到看管的義務？

有時候不禁思索：「學校」究竟是為了孩子存在，還是父母？

當我離所謂的「義務教育」愈來愈遠時，這類問題就愈是容易躍進我的腦袋裡頭。

啊啊、不想了不想了——一如往常忽略所有嚴肅的問題，掠過那對學生情侶，我的目光往坐在第二扇窗邊那名約莫三十歲、戴著無框眼鏡的年輕男子拋投過去。

俗話說：一種米養百樣人。從細節上來說，或許的確如此，但倘若以宏觀的方式觀察便能夠發現：人其實是有辦法「歸類」的。譬如你有時會在某些人身上看見某些人的影子，或者和某某人第一次打照面時，便莫名其妙浮現「似曾相識」的感覺。

其實和三原色的原理一樣，只要掌握某幾種人格特質，就能以此為基礎，在面對新面孔的第一時間，利用先前所熟悉的一切調配組合出「新」的認知。打個比方，窗邊男子給人的感覺大概是百分之五十五的店長再加上百分之四十五的阿成——也就是五成五的沉穩加上四成五的沉默。

也許會有人嚷嚷：如此一來，太陽底下就真的沒有新鮮事了！

不過對於某些人而言——至少對我而言，這種作法，確確實實會讓人感到安心不少。

年輕男子手邊擱著一塊萊姆葡萄巧克力派和一杯酸味顯著的曼特寧。

他是這家店的常客。根據店長的說法，大概是某個沒有名氣的編劇和小說寫手，幾乎每天下午兩點鐘帶著筆電準時報到，每次來都指定相同座位。久而久之我們也有了心照不宣的默契，會為他預先保留。

不過，他貌似不喜歡下雨天，只要雨勢稍微大一些——好比像昨晚那場暴雨，他通常不會出現。

台北冬日多雨，他經常一連缺席好幾天，我曾經調侃道：「他去冬眠了。」忽地發覺男子眉眼一帶的神韻還當真有點像熊，尤其是略微下垂的眼角。

店長從前問過他廣播的談話聲會不會對他造成干擾，需不需要改放沒有人聲的音樂？對方摘下眼鏡答道：「沒關係，這種平板的說話聲，反而比較能讓心情平靜。」態度謙和，口吻相當客氣。

這時，熟悉的片頭音樂結束，緊接著滑入耳底的，是再熟悉不過的聲嗓。

「各位聽眾朋友午安，歡迎收聽警察廣播電台，您現在收聽的是『音樂下午茶』，我是今天的主持人Alex。」

是阿成。Alex是他小時候上兒童美語班取的英文名字。

早在認識他、不，早在親眼看到他以前——很久很久以前，我就已經被他吸引住了。

收聽廣播，是從小二、小三開始養成的習慣，就這樣聽著聽著，直到上了大學還是繼續收聽。然而，和一般人不一樣，我聽的不是飛碟電台、蘋果線上、Hit FM或者中廣流行網之類專門播放熱門音樂、傾向娛樂性質的電台，而是警廣：警察廣播電台。

始終記得第一次在收音機裡聽到小叔聲音的剎那自己有多麼驚喜、多麼雀躍。

「是小叔！是小叔！」我拉著媽媽的袖子叫嚷，嘴邊還沾著巧克力醬。

年紀稍長，才知道外型條件頗佳的小叔原本打算進演藝圈發展，無奈時運不濟，沒有走紅，最後透過關係才勉強進入警廣謀得一職。

透過阿成才知道，很多在警廣主持節目的人，都不是真正的警察。

而阿成之所以會進入警廣，可說是陰錯陽差。

一開始，阿成其實是借調到新成立的單位：空中派出所。空中派出所成立的目的，是為了讓民眾能多一個管道即時向警方反映狀況，無論是治安、路況或者任何急需幫助的情形。

後來，因應近幾年「警民合作」意識高漲、警方極力塑造「親民」的形象，公關部提出了一個企劃，建議由警察擔任廣播主持人直接和民眾在空中互動交流。

起初只是試辦，抱著姑且一試的心態。沒想到大獲好評。成功的主要原因顯而易見：阿成雖然唱起歌來五音不全，音質卻低沉富有磁性，往往能在三言兩語間抓住聽眾的耳朵。

也正因為如此，這「借調」有借無還。

積極、有野心的人會認為這是「冷凍」——畢竟待在這種單位，人際關係單純、外務又少，難有什麼突出的表現，升遷自然不易。不過，從另一個角度看，對於與世無爭、只專注做好眼前事情的人來說，是個再舒適安穩不過的環境。

有個理論叫作「彼得定律」，意思是在以階級劃分的體制中，每個人遲早都會升到一個超出自己能力範圍的職位。說極端些，就是「尸位素餐」。不過在警廣這個小國寡民的桃花源，顯然沒有這層疑慮。

「你有多久沒回去了？」店長的聲音將鄧紫棋參加《我是歌手》時重新演繹的〈我不是真正的快樂〉覆蓋過去，也將我的思緒一併撩勾回來。還來不及回應他便接續說道：「回雲林——我記得你是雲林人？」

「十年。」話一脫口，就直覺他會清一下喉嚨唱起陳奕迅的〈十年〉，和背景的〈我不是真正的快樂〉**mash up**。就好比當初他知道我是從雲林、台中、中壢一路來到台北念研究所時，冷不防唱起周杰倫的〈一路向北〉。

我一路向北　離開有你的季節
方向盤周圍　迴轉著我的後悔

這傢伙是個冷面笑匠。

我當時忍不住暗忖。

「十年，真久。」他啜一口咖啡，唇齒間的空氣摩擦聲被捲進間奏的弦樂。

以自己二十九歲的時間來衡量，十年確實有一些久。

事實上，嚴格來說離開了不僅僅十年。只是剛好前幾年和朋友南下時在西螺休息站買了買一送一的星巴克。很勉強的擦邊球。

「比你久一點。」我轉過身，腰桿靠著櫃子說道。「搬到台中以後就沒回去過了。沒什麼必要。」

店長今年七月就滿四十五，歸功於健身習慣、天生膚質佳，狀態保持良好的外觀和中年大叔一點也沾不上邊——不過靈魂可就難說了。

例如現在，總覺得好像被他那雙盯著自己看的眼睛給看透了……

明明是戀家的巨蟹座，卻有著天蠍座的驚人直覺。

我下意識別開視線，目光落在櫃檯角落的報紙。

報紙起皺的邊緣沾著乾燥的咖啡粉。

他果然讀了報紙……

我閉上眼睛，今早讀的那則新聞旋即投影片似的投映在腦海中。

【記者彭竟洋／雲林報導】昨晚雲林古坑山區有民眾發現一具屍體，經過初步勘驗，死亡時間距今至少已經五年以上，目前警方……

那段不可思議的經驗，化作文字後居然變得如此稀鬆平常，和平日收看的社會新聞沒什麼兩樣。

我想問他為什麼會知道自己就是這則新聞報導中提到的「民眾」？

是因為自己今天點餐時把平時速記的曼特〇寫成了曼特寧？

可是下一秒我就放棄了這個念頭。如果不是他自己願意開口，再怎麼追問，肯定三兩句話又會扯開話題。

「店長是台北人吧？」

「土生土長。用你們年輕人的說法，我比天龍人還天龍人。」

拜託——還年輕人哩。

我被莉娜裘莉的口吻傳染。

店長以前住在天母，後來搬出來一個人住——

「可能是爸媽怎麼了吧？」之前在這裡打工的女大學生交接工作時無意間對我提起了這些事。

如果要我剖析自己的人格特質，其中一項大概會是：很容易讓人卸下心防。

不知怎地，我很容易讓第一次見面的人說出原本沒打算說出口、平時難以向別人啟齒傾訴的事。

話雖如此，可偏偏身邊就有兩個例外：店長和阿成。

我生命中最親近的兩個男人。

說不定就是因為走得太近……

「現在為您插播一則消息——」音樂被硬生生切斷，明明只剩下最後一句歌詞。聽到阿成略顯急促的聲音，他還沒往下說我就猜到發生什麼事。「請各位聽眾朋友留意，六十三歲林永松老先生，昨日凌晨出門買菸後便和家人失去聯繫。根據消息指出，林老先生最後的身影出現在中正區南海路和泉州街一帶，當時身穿深藍色毛衣和灰色棉褲……」

中正區南海路和泉州街一帶……在植物園附近——再過不到兩小時，就會有很多建中生經過那裡。

不過我想他們當中，大概沒有——一個也沒有，沒有人會收聽這個電台。

ＩＣＲＴ才是他們這年紀真正需要的。

畢竟，聽到了又怎麼樣？從這裡盡全力跑過去大概只需要十分鐘——我還不是待在這裡等著客人上門好不辜負老闆支付給自己的時薪。

我知道發生什麼事，卻無從解決。更何況，林老先生大概已經走遠了。

走得很遠很遠。

一直覺得要失去聯絡二十四小時以上才能通報失蹤，是相當值得商榷的一項規定——當然就資源使用效率的角度而言是完全合理的。

事實上，經過阿成說明我才知道，原來一般民眾一直被新聞媒體誤導，誤以為失蹤要滿二十四個小時才可以報警。「不過，老實說，不管是當下就能夠報警，還是二十四小時以後才可以報警，這些規定根本都無所謂……如果消失的不是重要人物，基本上警方也就是按照ＳＯＰ受理而已。」

插播的尋人啟事就快結束了。回憶裡的阿成嗓音和如今的廣播話聲逐漸重疊在一起。

「如果有聽眾朋友發現以上所描述的……」

世界上絕大多數人都扮演「聽眾」的角色。

包括「發言人」本身，很多時候只是聽著自己說話的聲音。

不過說也奇怪，我非但不討厭聽大多數人覺得枯燥、不干己事的「尋人啟事」，甚至可以說：我喜歡聽尋人啟事。

不，或許用「喜歡」這個字眼會讓人誤會，以為自己幸災樂禍沒有半點同情心。

我「喜歡」的，是那種明明再真實不過，細想起來卻又充滿匪夷所思之感的事。

上一秒還在自己身邊的人，怎麼可能轉眼間就消失無蹤呢？

簡直和魔術沒兩樣。

「每次聽到這個，我都會想到……以前不是常常看到嗎？學校教室後面的櫃檯，還是其它地方服務中心什麼的……」我一臉困惑望向咕噥著的店長，一時無法理解他究竟想表達什麼。他將殘留半透明咖啡漬的空杯按在桌上，停頓一下才接著往下說道：「那些被放在紙盒裡頭，等著人來領回去的東西……叫什麼來著……」

失物招領。

明明只是簡簡單單的四個字，卻說得這麼長——但教人意外的是，把濃縮的話語還原成這麼長的描述以後，聽起來竟有些惆悵。

「不過如果是真的重要的東西，都會被領回去吧？」

從他手中接過杯子，我扳開水龍頭，水流沿著圓潤的杯身滑淌開來。

「倒也不一定。」他單手支住櫃檯說道，聳了聳另一邊的肩膀。

他的低聲嘀咕，讓我驚訝地發現自己話中邏輯的矛盾。

重要的，都會被找回來……那麼反過來說，那些永遠消失的，就表示一點也不重要？

是這樣嗎？

又或者，被對那些覺得更重要的人掠奪、佔據——不，不是「佔據」，他們只是懂得利用各種方式，提煉出當中的附加價值進一步「轉手」。

「他們」之後的下場，和那些盒子裡的東西並沒有兩樣。

我一面洗著愈來愈乾淨的杯子，一面心想。

他不再說話，同一時間不同空間的阿成也收住聲音，開始播放下一首歌。

是另類搖滾（Alternative Rock）樂團 Fastball 的 *The Way*。

Anyone can see the road that they walk on is paved with gold
It's always summer they'll never get cold

身體細細晃動，融入節奏裡頭，視線輕盈盪向窗邊，被手指在鍵盤上飛快敲打的男子吸引過去。

空氣瀰漫著淡淡蜂蜜香氣，不由得恍恍惚心想——要是把昨晚的經歷說給他聽，會被他編成一篇什麼樣的故事？

彷彿聽見我的疑問，男子驀然停下手，摘下眼鏡緩緩躺入椅背，慎重按了按眼睛，接著從側背包裡掏出一瓶眼藥水，踟躕片刻還是沒點。

至少不會像刊在報紙上那些一點情緒都沒有的新聞吧？

要是被莉娜裘莉聽到這心聲，大概會叫嚷道：「想要情緒的話看什麼新聞？要是真的想要情緒，你應該去看小說！」

我料想自己肯定忍不住反駁：會這麼想，就表示妳新聞看太少。

叮鈴——

清脆聲響打斷思緒。

「歡迎光臨。」我望向店門口，店長搶先我一步說道。

Speak of devil。

有那麼一剎那，以為站在眼前的莉娜裘莉是被自己召喚出來的。

她的長髮濡濕，髮色看起來更顯濃稠，緊緊搭黏住身體像一條條滑亮的黑蛇，從半透明襯衫底下透出的墨綠色內衣彷彿長在皮膚上的一大片青苔——下雨了嗎？也難怪，連中南部都下雨了，更何況是冬天時節的台北。

「下雨了啊？」

不知道為什麼，自己脫口問出的竟然是如此顯而易見的事，而不是：妳怎麼會在這時候過來？

而且還不撐傘——

耳邊傳來店長往玻璃杯裡緩緩傾注溫開水的聲音。我的手臂內側卻刺刺麻麻凸起雞皮疙瘩，好像被門外這場大雨淋濕的人也包括自己。

3

世界上的巧合，往往比我們以為的還多很多。

有時候甚至多到令人背脊發涼的地步。

我們昨晚發現的那具屍體，是鄭伊文的阿嬤。

更精確的說法：是她十年前失蹤的阿嬤。

失蹤，是一件很奇妙的事，奇妙的地方在於，感覺是稀鬆平常隨處可見的事——好比打從小學便經常看見刊登尋人啟事的傳單或者穿插在電視節目當中的公益廣告……然而若是仔細思索，卻又會發現，那似乎離自己相當遙遠，突然變得不那麼真實了。

就近舉個例子，好比莉娜裘莉高齡九十的阿嬤。

三不五時聽見莉娜裘莉垮著臉嚷嚷道：「阿嬤又不見了！」最後在公園、便利商店還是鄰近的小學操場找到。有回，這些老地方統統一無所獲，莉娜裘莉一家人頓時慌了手腳，折騰大半天，才被人通報阿嬤昏倒在附近半山腰。

「大家都說是被魔神仔牽走的。」

我才不信。

我知道莉娜裘莉當然也不信。

社工系畢業、現在正在失智老人協會工作的她肯定知道那是失智徵兆。

還有另一個例子：阿成的妹妹。

他的妹妹在他還小的時候便走失，像是被那座根本不算寬闊的社區公園給吃掉。

莉娜裘莉提醒我不要在他面前提起這件事：「他不喜歡人家提到他妹妹。」

「我知道。」當時我這樣回答。

不喜歡提起往事的人很多。

誰沒有一星半點想遺忘抹消的過去。

廣義來說，我爸爸也算是失蹤。

十多年前爸媽離婚，跟著媽媽搬到台中以後，再也沒有他的消息。

是生？是死？

有沒有和誰另外組一個新的家庭？

如果有的話，有沒有比當初和我們在一起的時候幸福一點？

還是他和媽媽一樣，從此不打算把任何人拉過來信一信？

「她阿嬤算是幸運的。」阿成忽然冒出這句話。

「幸運？」站在流理臺前的我低喃一聲，望向坐在餐桌前的他。

他面前擱著一碗竄著蒸騰熱氣的苦茶油拌麵，那是他的晚餐。再十分就九點，《決戰時裝伸展台》（*Project Runway*）最新一季就要開始了——他半小時前才剛下班。

屋外雨絲將斷未斷，拖拖拉拉將夜晚刷上一層薄薄的灰色。

「我不是那個意思。」

「我知道你不是那個意思……」踩著小碎步，我捧著加了一小匙肉桂粉的熱可可在他對面坐下，將桌上切片的涼拌小黃瓜稍稍推向他，盤底在木桌上刮出粗糙聲響。「所以我才想知道你是什麼意思？」

「還能被找回來。」

時常覺得對任何事刨根挖底的自己有些殘忍——儘管我認為這樣的殘忍是兩個人得以愈走愈近的方式。

除了他妹妹的遭遇，我想還有一部分原因是他在警廣的工作性質。

廣播當中，除了路況報導，最常出現的，就是協助尋人。

那些失蹤的人，絕大多數再也找不回來，無法回到自己的親人身邊。

記得阿成曾經說明過，「失蹤」可以分成幾種類型……最常見的，就是一般日常生活中的「走失」，也就是「被動的失蹤」。這和近年甚囂塵上的「被失蹤」是截然不同的兩碼子事。

除非有權有勢背景雄厚，否則那些「被動失蹤」的人，最後只會成為每個月定期查訪一次的「書面名單」，時日一久終將被徹底淡忘。畢竟難有績效，又如同大海撈針只能各憑運氣。

失望久了，會有阿成方才那番感慨也很正常。

即使找回來的是一具冰冷的屍體——

對於得到最糟糕的答案的家屬來說，警方這樣的心態固然扭曲、嚴重些甚至可以說是失職，卻也是長時間身處其中的人員賴以為繼的微薄樂觀，抑或可以說是，一種慰藉。

相反地，有另一種「失蹤」，叫作「自願式失蹤」。

乍聽摸不著頭緒。「最典型的例子，就是『離家出走』。」我眉頭都還來不及皺起，阿成便進一步解釋道。

「離家出走啊——」好懷念的字眼。

我也曾經離家出走過。

彼時才搬到台中不久，剛升上國中二年級，前一晚為了收拾行李還熬夜到凌晨一點。沒料到，在媽媽發現自己「失蹤」以前，這場鬧劇便草草收場。媽媽在電子工廠工作，每天都加班到三更半夜才拖著疲憊的身軀回來，眼睛根本都睜不開。

我懷疑就算自己兩三天不回家，媽媽都不會發現。從此打消離家出走這個愚蠢的念頭。

「典型？那有非典型的嗎？」我瞅著阿成反問道。

那時候的他還戴著那副清爽的無框眼鏡，下顎的鬍碴卻老是剔不乾淨。
「流浪癖。」
「流、浪、癖。」我一字一字慢慢吐出。
對自己來說，印象最深刻的「失蹤」，是大賣場的廣播。
「服務處廣播、服務處廣播，請王ＸＸ小妹妹到服務處，妳的父母在找妳……服務處廣播、服務處廣播……」
當時跟著大人想：真糟糕，怎麼會走丟呢？
現在回想起來，不禁從另一個角度忖度：那孩子會不會是故意躲起來的？
小時候以為要從一個有限的空間裡消失是一件極其困難的事。
不過，也有一個看似「典型」，實際上卻相當微妙的例子。看過一部以紀錄片方式拍攝的歐洲藝術電影，背景是匈牙利南部某個小鎮。某天，鎮裡的老人忽然間集體失蹤，像是蒸發般悄無聲息……直到多年後，某個背包客來到此地旅行，才在山頭另一側洞穴裡發現層巒疊嶂的骸骨——
看到這裡，我以為是一部類似《楢山節考》的電影。
深受震撼的背包客決心深入調查，協同科學家經過明查暗訪，才知道原來是因為多年前這個地方受到重金屬汙染，造成生物累積，導致許多老年人發病。然而由於鄉村貧困、醫療知識水平不足，他們一廂情願式地離開：為了不讓自己拖累下一代、造成經濟負擔，那些老人決定離家出走，在山洞裡等死。

但也正因為他們「自願消失」，致使他們的孩子、孫子以及之後好幾代對於疾病的侵襲猝不及防。就這樣，在最後一個村民死去後，小鎮徹底消失。先是實質上的，而後是歷史上的。隨著時間過去，沿著山脈兩側蔓延的洞窟，一個接著一個，變成巨大的墓穴。

「不過……到底為什麼……要把她弄成那個樣子……」思緒從回憶折返，我偏著頭從喉嚨擠出聲音。「弄得像木乃伊一樣。」伴隨擦過唇齒間的詞彙，那晚的濕冷觸感瞬間瀰漫肌膚。

不知怎地，把那個譬喻真正說出口、化為聲音的剎那，覺得哪裡不對勁。

一股違和感從心底一點一點緩緩滲流出來。

我端起馬克杯，咕嚕嚕喝一大口。

杯緣好冰。

後頸細細顫一下。

可可好甜。

真好。

原本抽緊的胃部感受到溫熱這才放鬆開來。

「木乃伊……」阿成低聲咕噥道，停下筷子。

他碗裡的麵條和膠帶長得好像。

我放下馬克杯，掌心使勁貼住桌面，反覆深呼吸。再深呼吸。卻始終感覺不到空氣進入肺裡。

就算他是警察，也不應該在吃飯時和他討論這種事。

我想對他說：快點吃吧，麵都要涼了。

可是麵已經涼了。

叮咚！叮咚！

「果然來了。」我抬起眼睛，和他對上視線。

阿成沒有應聲，垂頸吸起麵條。但我知道他和我想到同樣的事。

我起身開門。門後是莉娜裘莉，懷裡抱著一桶拿坡里炸雞。

從走廊欄杆往外探，雨已經停了。不知道什麼時候又會開始下。

一在餐桌坐下，她便抓起雞腿啃起來。

我幫她倒了一杯有著淡淡香氣的自製綜合香草水，等到她吃完三塊雞滿嘴油膩發光才打破沉默：

「妳和TAKO通過電話了？」

我把聲音放得極輕。

不是哪壺不開提那壺，而是我知道，她就是為了談這件事來的。

「我覺得很對不起她……」

將帶著點碎肉的骨頭擱在一旁，她搓揉著紙巾，指甲裡還卡著乳白色脂肪。

「又不關妳的事。」我說道，看阿成一眼想尋求他的認同。

他將筷子併起架在碗上，定睛注視莉娜裘莉。

「如果不是因為我迷路的話——」

「就沒辦法把她找回來了。」沒等她說完，我便逕自接續說道。「如果不是因為妳迷路的話，就沒辦法把她找回來了。」

我知道她為什麼感到內疚，畢竟那天是伊文的婚禮，是一生難得的大喜之日。

但是對伊文的阿嬤、對伊文和伊文的家人來說，無論今天面對的是什麼真相，應該都想知道，也有權利知道——當然這可能是我自己的一廂情願。

「她怎麼知道……」今天下午，莉娜裘莉在店裡只簡單扼要說了結論，詳細經過我並不清楚——踟躕半晌，還是決定把心中的困惑說出來：「TAKO她怎麼知道，那是她阿嬤？」

當下我們立刻報了警，不過在婚宴上隻字未提。

這是理所當然的處理方式。對一般人而言，遇到這種事已經夠晦氣，誰會到處張揚？更何況還是婚禮……最重要的是——屍體的狀況是如此詭譎。

「作夢。」

「作夢？伊文她夢到她阿嬤？」阿成脫口問道。這是今晚他第一次和她交談。

「不，是她先生。」

「說起來很神奇，不過……好像常常是這樣子，比起當事者，這種事好像常常是枕邊人夢到。」我慶幸自己開啟這個話題，感覺她的注意力被稍稍轉移開來。

「她先生當然沒見過她阿嬤。她是聽她先生的描述……伊文覺得聽起來很像是自己的阿嬤——她阿嬤額頭……額頭這邊有一塊胎記……」她撥開瀏海，指了指自己的額頭左側靠近太陽穴的位置。

接下來的發展大致能推測出來……

記得伊文的二伯父在古坑派出所待了好幾年，現在應該已經是所長。婚宴上知道阿成同為警察，那個貪戀杯中物的二伯父還強拉著他一連乾十幾杯。結束時見莉娜裘莉似乎還沒從早先的驚駭回過神來——先別說整場婚禮恍恍惚惚精神渙散，老同學拍她肩膀時甚至險些失聲尖叫，最後只好由去年夏天剛拿到駕照的我硬著頭皮充當指定駕駛，以低於四十的時速聽著導航慢慢繞回斗六市區。

「你覺得呢？」送走莉娜裘莉後，我回到廚房，對著站在流理臺前背對自己清洗碗盤的阿成問道。他遲遲沒應聲，洗得相當專注，於是我自顧自往下說道：「託夢？也未免太玄了吧？要是真的夢到的話——」

阿成還是沒有應聲，在有著史努比圖樣的毛巾上擦了擦手，側過身來，定定瞅著我，好像我犯了什麼滔天大錯。沒等我開口問他，他先一步說道：「我幫你煮碗粥吧？前天還有剩下一些飯。」

「粥？」我想用開玩笑的語氣問他：煮粥幹嘛？聲音卻突然堵在喉頭。

「你今天什麼都沒吃吧？」口吻若無其事，他轉回身去，從架子上取來陶鍋。

被他看穿了。

總是會想到那個畫面——

被膠帶一圈圈用力纏緊，綁得扭曲變形的人體。

今天一整天入口的東西，除非是流質，否則都會瞬間反胃吐嘔出來。

從未跟媽媽坦承，其實，自己找過父親。

嚴格來說，並不是刻意尋找。至少一開始不是。

高三上學期期末，畢業旅行，學校按照往年慣例帶應屆畢業生上台北。和現在不同，當時的學生要到台北並不是一件簡單的事。也因此，出發前一天晚上，興奮得睡不著，在床上翻來覆去，弄得床板嘎吱嘎吱作響。那種興奮感，甚至比多年後第一次搭飛機還令人印象深刻。

一大清早，假日的校園罕見地比平時更熱鬧。

原本應該在行政大樓前的廣場集合，倏然飄來細雨，各班導師依序將班級帶往洋溢著日式風情的大禮堂。不是升旗，也不是演講，為了省電，大禮堂一盞燈也沒開，圍攏在外頭的烏雲讓視線變得狹窄，像是無意間走進隧道，只能直直望著前方不遠處的朦朧光影。

試圖集中精神，先是聽到身邊嘈雜的說話聲，再來是晃動碎糊的人臉。感覺自己是一部快要故障的機器。

「小棋！你帶什麼零嘴？」

那時候，我還不叫 Chess。大家叫我小棋。

「曼陀珠。」我回答。

可能是慢慢適應周遭的昏暗，跟玩連連看一樣，同學們的臉逐漸被一點一點的光點勾勒出來。終於能看清楚那些平常見慣的臉孔。帶著踏實的安心感，我放鬆眉間肌肉，同時調整了一下咬進肩膀的背帶。

「曼陀珠喔？那我不跟你交換了，你不覺得曼陀珠吃起來很像牙膏嗎？」

「不會吧？你沒帶別的？」

「喔、還有一罐洋芋片……」看著他們驚訝到五官都拉長的表情，我邊說邊輕輕搖擺身體，想藉由晃動背包所發生的碰撞喚醒一些記憶。「跟一包情人果。」才脫口而出，口腔便分泌出大量唾液。太用力吞嚥的話，怕會被整個禮堂的人聽見。於是我小心翼翼含著口水，一點一點慢慢送進喉嚨。

「欸？有洋芋片喔——什麼口味的？」

「原味。」口腔尚未淨空。說起話來有些大舌頭。不過沒關係，和吞嚥一樣，不能太用力去聽懂對方想說的話。

「原味喔？怎麼會有人買原味？很無聊耶！」

怎麼不會有人買原味呢？如果沒有人買，早就下架了吧？

我想這樣回答他。我忘記當時的自己有沒有這樣回答他。

但如果回想的此刻我好想對他這麼說的話，猜測彼時的自己肯定沒有說出口。
「有沒有沒帶傘的同學？」
就在我們討論零食的話題即將無以為繼之際，前方舞台傳來透過麥克風後顯得機械式的聲音。舞台的燈同樣沒開，站在上頭的老師吐出的每一個字產生猶如置身礦坑深底的幽幽回音。後一個字緊追著前一個字，踩到鞋跟似的一連串撲倒全搭黏在一起嗡嗡嗡嗡嗡嗡——同學們都在竊笑。
伴隨波浪般的笑聲，雨勢也增強了，來回掀起一波波共鳴，大禮堂頓時活像個音箱。
「有沒有沒帶傘的同學？」
舞台底下，各班導師對著自己的班級扯開嗓子喊道。
笑聲止住了。變成窸窸窣窣窸窸窣窣的竊竊私語。
一開始是第一個。然後，是第二個。第三個第四個第五個第六個……大家接二連三舉起手。像是戳戳樂，禮堂上空原本連成一整片的黑暗被紛紛高舉的拳頭戳出一個個大洞。一時間覺得好像有什麼會從那些破洞裡掉下來，我抬眼反射性縮起脖子。
當然什麼都沒有掉下來。
我的想像力的極限剛好在想像成真的前一個刻度。
察覺到體溫，一個女同學湊到我身邊，我垂眼看她。她是班上的英文小老師。就是會露出甜美笑容說外頭現在雨下得阿貓阿狗的那種人。

像是深諳凡事不要當第一個出頭的人。「不好意思，我也沒帶傘。」我慢半拍舉起手，手指藏入掌心。

英文小老師咧出尷尬的笑容，特別潔白的牙齒讓人強烈意識到牙齒是人體唯一沒有被肌肉包覆的骨頭。

結果沒帶傘的同學比有帶傘的同學還多。

只好兩三個人共用一把傘在傾盆大雨中衝下大禮堂前的長階梯鑽進盡可能貼近屋簷待車的遊覽車。

在這樣的雷雨中硬闖，沒有人不會被淋濕的。

毛茸茸的座椅吸吮長褲水份讓我們的身體不斷往下陷。

襯衫內衣一層層變得透明猶如脆薄蟬翼，男生胸前多出兩顆掩躲在紗簾之後的眼睛。

往台北靠近的旅途中，我蜷起身子側向被斜飛雨水割花的車窗，撥開鈕釦偷偷摳弄自己尖硬的乳頭。

B

雨水一路追著我們。不肯放過我們。

三天兩夜的畢業旅行，第一站是參觀故宮。

從前只在課本上看過的建築物如今矗立眼前。

要是用莊子的說法——是故宮從圖片中跑出來？又或者是我們掉進去圖片？

其實我並不在意任何人的說法。

滂沱大雨打亂隊伍，所有人鬧哄哄堵在門口。微微傾斜的地面讓雨水匯聚成水流。

「你不是沒帶傘？」

出發時和我共撐一把傘的同學從背後出聲問道。

「後來找到了。在背包最裡面。」我用力甩了甩雨傘說道。

從傘面噴濺開來的水珠惹來周遭同學的白眼。

「還好有找到。」

我越過肩膀往隊伍後頭瞥去。「嗯啊，要不然好麻煩。」

塑膠傘套沒了，工作人員見狀趕緊用無線電喚來清潔人員補充。

相同穿著制服，到底是不相同的。

站在那樣的空間裡，讓人意識到自身的渺小。我不知道他們有沒有發現。

這時，擁塞的人群突然往兩側分切劃開。探頭一瞧，原來是同學A攙扶著面無血色的同學B往粗圓柱子靠去。同學B手上拎著一個晃動起來沉甸甸的塑膠袋，裡頭呈現暗褐色的嘔吐物原本是麥當勞超值套餐。

時間一分一秒過去，混亂的場面慢慢受到控制。雨絲變得斷斷續續，感覺連神都終於放棄編織「世界」這件衣服了。仰望裂出鱗片碎光的天空我如此忖度著。

「趕快排好隊！各、位、同、學——趕快排好隊！現在可以進去了！進去以後記得保持安靜！」

老師聲嘶力竭喊著。總是這樣，最吵的總是那個要別人安靜的人。

跟在其它人背後進去，一踏進展區，雨徹底停了。

當初不曉得該怎麼表達那種從心底深處霎然浮現的感受。回想著的現在，我曉得該如何描述了：自己不屬於這個地方。

不是誰高誰低，抑或誰好誰壞的分別。只是，我們就是合不來。

也是因為這樣吧，那時看了哪幾樣歷史文物全不記得，僅僅對一些無關緊要的瑣事印象格外清晰。例如馬路對面的流動攤販。

例如階梯之後還有更多的階梯。

例如有著 Tiffany 綠顏色的連綿屋瓦。

例如有幾個同學溜出場館找地方偷抽菸。

參觀完故宮，第一天的戶外行程宣告結束。有意義的畢業旅行轉眼間只剩下一天半的時光。晚餐，學校找了間裝潢老舊的合菜餐廳，十人圍桌而坐：瓶裝飲料、罐頭鮑魚、髮菜燴蒸蛋、魚翅絲海鮮羹、雜燴雞湯、花好月圓、綜合水果拼盤……面前料理一會兒順時針一會兒逆時針轉啊轉轉啊轉轉啊轉的。心中升起強烈的荒謬感，搞得像是包遊覽車來吃某個遠房親戚的廉價喜酒。

離開餐廳，一行人被運送到飯店。

老師要我們趕緊洗完澡九點準時到大廳集合，要進行班級團康活動。

一整天下來，幾乎沒有獨處的時候。

學校或許是想透過這樣的模式，讓我們明白長時間和另一個人在一起，其實是一件比想像中還艱難的事。

六人一間房，三張上下鋪結構雙人床。排列方式為L形，右邊空出的那塊剛好可以讓我們打地鋪玩撲克牌。

「洗快一點！只有一個小時！」

「囉嗦耶！我洗澡喜歡慢慢洗。」

「你們有沒有人多帶一雙襪子？」

「Shit！我的牙刷！」

「還是我們乾脆兩個兩個一起洗？」

忽地，有人這麼提議。感覺空氣靜置了短短幾秒鐘。

「反正以後當兵也要跟別人一起洗啊！」

「對喔，好像也是。那我跟你洗。」那個同學說著起身拉開背包拉鍊。

「那小棋我跟你洗。」

把牌發到我面前時，他輕聲說道。是在故宮人龍裡慶幸不用和我共用一把傘的同學。

「我要一個人洗。」我邊回應邊揀起那張牌。梅花六。

我喜歡梅花，看起來像一個黑色的巴掌。

4

經常在戲劇和小說裡看到ＰＴＳＤ——幾乎到氾濫的地步，卻從未想過原來真的存在於現實世界，真的會對身心造成這麼劇烈的影響。

「ＰＴＳＤ？我認為你的情況應該沒有那麼嚴重。」阿成搖了搖頭說道。「一般人遇到那種事，一開始都難免會有這種反應。」

「拜託，又是那種高姿態的說話方式——說得你好像不是一般人一樣。」

面對我的調侃，阿成笑出細微的氣音，下垂的嘴角似乎有些無奈。

我感覺心情輕盈了幾公克。

他從後面進來——明明那麼熟悉，我的身體還是瞬間緊繃起來。在床頭櫃羽毛造型的昏黃夜燈下，拉撐開來的肌膚反彈一顆一顆光點，聚集在一起密密麻麻像一片歷經大雨的莓果園。

你的身體　有酸甜的滋味

我要把你　當成我的一切

這是對岸網路歌手椰兒DaDa爆紅的成名曲。

據說有段時間在小學生之間特別受歡迎，熱門程度大概只亞於FT Boys。

他用力抽插著，我想起自己第一次肛交的情景。

當時還沒有經驗，不知道浣腸的必要性（且是○號的基本禮儀），伴隨身後對方慘烈驚呼聲而來的，是濃烈刺鼻的異味。

床單被殘留在直腸裡的排泄物弄得慘不忍睹。

為彼此浣腸一度成為我心目中的甜蜜時刻——甚至是一種對雙方的認可。

我們將彼此汙穢不堪的內裡全掏除乾淨。

這樣的念頭，讓我感覺比赤裸還赤裸，彷彿就算有第二、第三條陰莖也能昂然勃起。

久違的性愛結束。我抱著阿成入睡。

喜歡抱著另一半入睡，像小無尾熊那樣搭住另一張背。

再睜開眼時，才意識到淺眠的自己居然在不知不覺中睡著了。大概是這段時間累積太多壓力。我鬆綁阿成，悠悠坐起身，感受床墊隨著自己重心移動而改變形狀。看向下體大片陰影，垂軟的陰莖塌陷在陰毛叢中縮進包皮，像一條條髮圈套疊在一起。

比起現下流行的光裸風格，我和阿成更崇尚自然隨興——光是想著對方身上不曉得哪裡的毛在自己身上昆蟲腿足般胡娑亂爬就讓人感到骨頭一陣酥麻。

搓搓肚毛，抓來手機，扭著臉擋開光亮：凌晨三點十七分。

很奇怪，一醒來，汗一時間全滲出來。

爬下床，往浴室走，腳尖踮得連房間都聳立起來。

門關得特別仔細，怕水聲驚動床上的他。

曾經插進屁眼的管子此刻聯接著嶄新的蓮蓬頭，水柱相當強勁，宛如一隻隻往肉裡戳的指頭。

水流漶漫開來猶如透明稠密的緞帶急遽包裹住全身。

第一次讀到「做愛後動物感傷」這個說法，是在孟若短篇小說集《幸福陰暗之舞》的那篇〈兜風〉。印象中來自拉丁俗諺"Post coitum omne animal triste est"。也曾出現過以此為名的歐洲電影。這也是為什麼後來聽到阿妹的那首〈相愛後動物感傷〉，感到似曾相識的同時，也引發如此巨大的失落與傷感。

想起方才醒來前正在作的夢——居然還能記起來。我夢到了一隻蜘蛛。有著一張人臉的蜘蛛，撲往獵物瞬間拋出繩索一樣噴吐一圈圈絲線將對方緊緊纏綑住。被困在蜘蛛絲裡的生物輪廓清晰動作生動，生命彷彿被完整保留了下來，真真正正暫停在某一個剎那。如同沒有比黑暗旁邊的光線更為明亮的時刻。沒有比接近死亡的生命更為勃發的時刻。

前些時候讀完被譽為日本戰後奇書的《家畜人鴉俘》，其中一冊提到一種名為「巨蜘蛛」的想像生物：

巨蜘蛛——當母蜘蛛養到像輕型畜車一樣大小的時候，貴族愛憐牠的美麗，便會費心餵食。巨蜘蛛不會立刻殺死活餌，而是好整以暇地用蛛網密密綑綁，再以毒牙穿刺。活餌當然是鴉俘（或是被判死刑的黑奴）。蜘蛛綑綁活餌需要兩小時左右的時間，「餵食活餌」成了貴族的正當娛樂之一。

打了個哆嗦，水流將攀附在瓷磚上的冰冷一口氣全刮除下來。

霉斑漂浮水面，我將水溫調高。

再調高。

「她會沒事吧？」

置身於逐漸升溫的水幕中，張開的毛細孔把身體一點一點推高，想起稍早時候半夢半醒間自己貼在阿成背脊上咕噥的話語。吐出的氣息猶如氧氣罩籠住口鼻，又熱又濕又黏。他沒有回答，大概是睡著了吧。若是醒著，一定會這樣安撫我：「會沒事的。」

近在眼前沾上水氣的肌膚呈現浮雕般的藺草紋路。

C

拉開浴室的門，煙霧往更寬敞的空間移動。他們已經離開房間，地板上的撲克牌亂成一團花色駁雜。在落地窗邊的櫥櫃翻出一具大紅色吹風機。鬆綁長時間扭攪盤起宛如彎曲蛇豆的變形電線。插上插頭，開關喀喀從 Off 推至 On，熱氣一波波吹向早在淋浴時便乾得差不多的短髮。

第一次知道吹頭髮的人其實聽不到其它人的聲音，有一種獲得超能力的優越感。從此之後，我總是趁著另一個人吹頭髮的時候，向對方說出他們無法承受的實話。

「其實阿嬤也非常討厭妳。」

「其實爸爸還在偷偷抽菸。」

「其實媽媽一點都不愛我。」

其實我——

其實我啊——

可是，我無法對自己說出自己想說的話。

因為不管把耳際的吹風機風力調得多強，說出來的話都會跑進耳朵。

D

遲到的我若無其事加入隊伍。

我們魚貫進入平日用來辦婚禮的寬敞宴會廳。

坑已經挖好了。學生一個個填進座位。燈光暗下的瞬間，還真的以為有土往自己頭頂蓋過來。

在宴會廳看完名為〈圓之旅〉的短片——一個壞損的圓為了填補自身的缺口而展開一段旅程，各班帶開。沒有看到結局，還是隔壁同學用手肘頂醒我才趕緊從椅子上彈起尾隨往外移動。流到嘴角下顎甚至是側頸的口水凝固了，使得這一帶肌膚感覺格外緊繃。用指甲將那層薄冰沿途摳碎成一點一點灰白色的粉末。

聯想到之前在電視上看到的南極破冰船。

很喜歡這個頻道。DiscoVery。看著看著心中就奏下音樂腳尖忍不住跟著打起節拍恍惚間還能瞧見七彩炫光旋轉。

男抖窮女抖賤。媽媽撞見總這麼說。她聽不見音樂。

人可以賤但不能沒錢。

打著濕潤的呵欠，我關上電視。想像那些破碎的冰全漂流到自己坐著的沙發周圍。咬了咬嘴唇，放眼望去，萬千碎冰擁有各式各樣畸形形狀。如果自己也缺了某一塊，從這裡頭一定能夠找到完美嵌合的吧？電梯前方的格紋地毯踩起來特別柔軟，大家席地而坐，在老師的引導下分享觀賞影片後的心得。我悄悄往後挪動身子，伸直膝蓋從口袋掏出下午點心時間發的鋁箔包紅茶。

理應附著在瓶身的白色吸管不見蹤影。口袋翻了半天只摸出兩枚十元硬幣、一顆沾上棉絮的曼陀珠還有房間地板上印著三點式泳裝女人的色情名片。我擰破洞口，埋著頭小口小口吸著。莫名的舉動引來注意，身旁的同學不由得好奇拉長上半身想一探究竟。

〈圓之旅〉的話題告一段落——這場鬧劇尚未告終，接下來登場的，是畢業旅行的重頭戲：真心話時間。

可以用「告解」形容，甚或近乎某種宗教式的集體狂熱。在情緒濃度極高的氛圍中，平日害羞內向連舉手發問都不敢的同學，接二連三起身踏入人群圍出的圓圈中央。在所有人的注視下，他們逐一訴說這三年來難忘的經驗。

有好，也有壞。

諷刺的是，絕大多數是共同舉辦活動而產生的心結：班際籃球比賽、啦啦隊表演、母親節歌唱活動、校慶園遊會、英文話劇比賽……誰貢獻最多，誰只會混水摸魚。誰走音，誰歌聲吵到令人耳鳴。誰只會討老師歡心，誰在老師面前出賣同學。誰演主角，誰連演一句台詞都沒有的大樹都不配。說著說著猶如受到感召，大家紛紛落淚啜泣哭得像一團擦拭精液的衛生紙團，一會兒擊掌一會兒搓撫肩膀，一會兒擁抱一會兒手勾拉著手，上演一齣又一齣大和解戲碼。

覺得無聊。過程中翻了好幾次白眼。誰都知道這種和解僅僅是假象。

一離開這裡，一結束畢業旅行回到原本的環境，所有人際關係又會回歸到最初畸形的狀態。這就是學校。有人受歡迎，有人被排擠。更多人不在這兩個類別之中。我們只是把一部分人生暫時寄放在這個時空而已，像是被洋流帶動的魚群，活完這部分以後，還要趕著進行下一個部分。

「應該每個人發一台吹風機才對……」我咕噥著。在只有自己能聽見的範圍內。

「你說發什麼？」

聲音爬入耳朵。我嚇一跳。

被尋常平淡的問句嚇一跳。像有人無預警往自己耳裡放一隻金龜子。

竟然被聽到了。

這還是頭一遭，沒有拿捏準確自我的極限。

感覺一直以來包覆住身體的這層透明的外骨骼好像被敲出一條曲折纖細裂痕。內外壓力不斷推擠扯拽想要恢復原來的平衡。有什麼就要溢出去了。

我急。

甚至連問自己那句話的人都還沒看清楚就匆匆背身離去。

抓在手上的飲料還沒喝完，回過神來才發現指間沾滿甜黏的化學香料。

站在廁所可以容納四人並列的寬面鏡子前，蜷起手細細舔拭。餘光裡的自己簡直像是某種柔軟的小動物。據說動物會舔拭自己覺得不舒服不對勁的部位。仔細一想，這概念大概和人類忍不住抓癢忍不住刮摳傷痂相似。

想起阿江。小二同班的阿江養過一隻俗稱哈巴狗的巴哥犬。取名瑪德蓮。

認識阿江以前，從沒想過自己會喜歡那種狗。那張五官內縮揪皺耷拉摺痕的狗臉，實在太像對任何事都感到憤懣不滿的人類面孔。人類都快要沒辦法handle了，沒必要連狗也來摻一腳……說到腳，接下來提到的這樁往事剛好和腳有關。

某天夜裡，寫完作業的阿江想和窩在沙發裡的瑪德蓮玩，發現瑪德蓮一直在舔自己的腳趾。好奇一看，才驚覺那根指頭異常腫大。驅車趕往獸醫院，醫生一瞄便直言發炎，開了幾天份的消炎藥打發他們回去。然而，一連吃幾天，瑪德蓮腳趾的腫脹情況非但沒有好轉的跡象，還開始發紫，看起來快壞死。找上另一間獸醫院尋求第二意見，醫生觸診旋即臉色一暗判斷有極大可能是腫瘤，必須盡快開刀確定。因為位於尾趾，如果真是癌症，未來的發展將會變得非常不樂觀。最後，保險起見，阿江一家人決定切除整個趾頭。

阿江說只要一想到瑪德蓮所受到的折磨和接下來的療程，自己就會不停掉淚。

雖然還沒有見過阿江掉任何一滴眼淚，但我相信他一定哭了很久很久。

這件事的後續可以說是峰迴路轉。

送去做切片檢查看是良性或者惡性以便制定後續治療方針的「腫瘤」，化驗結果雖然確實是腫瘤沒錯，但卻是巴哥犬、臘腸狗、拳師犬甚或柴犬這類型純種狗中常見的皮脂性囊腫。

所謂的「純種狗」，由於要保持身形外觀的識別度，建立起某種「品牌」，往往採取如今被許多人視為欠缺人道觀念的近親繁殖。而也正因為這樣的繁殖方式，致使這些狗跟人類一樣，有著相較於一般混種狗來說，更多與生俱來的遺傳性疾病。

總之虛驚一場。說到底，就是尋常的良性腫瘤。阿江認為是不幸中的大幸。阿江的父母則一口咬定獸醫誤診。

我腦海中阿江的父母皺起五官擺出一張狗臉。

我對著鏡子擠出記憶裡的狗臉。

E

忘記是誰先提議的，總之最後達成了共識。我們決定半夜溜出去晃晃。

我們這寢有班長，又有模範生，不必擔心老師隨機查房。再加上睡前在走廊來回逡巡佯裝閒晃實際上是打探狀況時，聽見交誼廳傳來談笑聲。輕手輕腳來到門邊，窺見老師們舉杯暢飲，臉一個比一個還紅。恍然大悟，名義上是辦給學生的畢業旅行，不過真正的解脫不如說是屬於老師們的。

「聽說台北的夜店很好玩。」

「拜託，笑死，不要說得一副好像你去玩過台中的好不好。」

「我早就想去看一下了！感覺會很爽。」

「你們有沒有帶夠錢啊？坐計程車去比較快。」

「欸欸、到底會不會驗身份證啊？」

「有些店好像不會驗——」

在網路還不是很發達的時候，我不知道他們是從哪裡聽說這些事的。

「反正到時候跟在小棋後面就對了！」方才拉長尾音的同學邊這麼說邊往我的胸膛接連拍幾掌。

總覺得最後一個碰觸在自己的乳頭上摩擦了一下。

也難怪他們拿我當擋箭牌。

我是他們裡頭體格最好的。儘管體重一直以來都維持在差不多的區間，但當年的我還沒養成游泳健身的習慣，體脂較高，看上去比現在壯碩許多，在學校經常被人問是不是橄欖球校隊。

「身份證看一下。」

黑衣男子攔住我們問話的同時，三個年紀看起來比自己還年輕的女生吱吱喳喳從他身後鑽了過去。那時我就發現某些女人擁有特權。儘管如此我還是想當男人。

我回答：忘記帶了。還故作瀟灑刻意手插口袋朝對方微微挺出下體。然而，不曉得是不是因為回答時短暫失神一兩秒，黑衣男子抬起眉毛兩顆混濁眼珠小幅度左右搖動一臉遲疑表情，撂下一句你們先在外面等一下便逕自轉身進店。音樂聲在他開門的瞬間放大。接著縮得比剛開始的時候更小。

愈想愈不對勁。黑衣男子該不會發現我們其實根本未滿十八，打算報警吧？

心慌的不單單是自己一個人。我們互瞄彼此幾眼，決定先溜為妙。

他們年輕，所以沒有放棄。

我因為他們沒有放棄。

走到汗流浹背。步行來到另一個街區的夜店。同樣穿著一身黑衣的男子堵在我面前，我在心中反覆練習「忘記帶了」這句台詞。

為了加強說服力——還是轉移注意力？他們其中一人拉開拉環往喉嚨直灌啤酒，還有一個把玩打火機熟練點菸吞雲吐霧起來。

但這一回，對方什麼也沒問。黑衣男子開口要錢，收走鈔票後給了我們幾張票券——冷不防撈起我的手，往手背戳一個章。不是錯覺，對方確實稍稍使勁掐了一下我的手。

彩光瀲豔流轉，震耳欲聾的音樂粗暴攢入全身上下每一個毛細孔。

隨著身子的搖擺，血球鮮明得跟彈珠一樣在體內不安分地急遽滾動。

彷彿每一寸皮膚都挾帶一枚音符，恣意扭擰肉體，嘗試凹折不同的關節，動用平常鮮少驅使的肌群。忽然間，閃過一張模糊的臉。不，不只是臉，是那張臉所乘載的情緒讓人印象深刻。

應該是認錯人吧。

可是……那張臉的情緒和方才在第一家夜店門口瞥見的其中一名年輕女生是那麼相像。

我反覆看。愈看，愈覺得真的是同一個人。昏暗視線中還可以清晰看見她鼻翼上那顆形狀不規則的痣。

我繼續跳著。

但是怎麼可能。

重拍過後一個閃神，一名高跟鞋女人靠住我的身體，緊貼。俐落解開襯衫鈕釦。一陣風灌入胸口，腋下一帶湧現稻穗似的雞皮疙瘩。

除非是……跟著我們過來？

我們的下體只隔著一層衣物。摩擦。

瞇眼環視店內，一時間找不到其它和她年紀相仿的女生。

對方抱住我的腰反手勾住伏貼於脊椎上緣的人工仿皮皮帶。

會有人就這樣拋下同行的人嗎？

高跟鞋女人和我一路擁抱耳鬢廝磨進入廁所。推上門，不用上鎖，直接把我重重壓上門板。她解開我襯衫下襬剩下的那幾顆釦子，然後是皮帶，蹲下的同時一鼓作氣拽下我的牛仔褲。

「你的牛仔褲好緊。」她嘟囔著。

這樣看起來屁股才翹、大腿才飽滿啊。

我在心底還是喉間這樣答應著。

她冰冷的手掌沿著我下腹部的深褐色毛髮刷進內褲，逐漸變得暖和，手指舒展開來的剎那我感受到一股和自慰時截然不同的異樣感受。那份感受既清楚，又陌生。像是牢牢握住透明玻璃瓶感受裡頭水的溫度與流動。

「年輕就是不一樣。真好。」

她在我耳邊低吟著真好。

真好。她拖下我的內褲，在我面前跪下，含住那隻往前挺出的陰莖。她的舌尖舔弄著脹起的龜頭。我感覺到自己身體的一部分正不斷往外擴大、延伸。我想像一直以來被困在一個以為只有自己單獨存在的世界，而如今將破繭而出。

她一次次吞吐著。

她的嘴巴很大，傾身向前嘴唇貼上睪丸的瞬間會發出近似接吻細微的滯黏聲音。

我想起我的初吻。

國小五年級，升上高年級重新分班後再度成為同學的阿江。

和我共用同一張桌子的阿江。

一開始，是共用同一張桌子。

再後來，午睡時我們鑽進同一件外套底下。

我們說話、看漫畫、玩拼拼。

再後來，我們親吻。

不過，和長大以後的親吻不同。那時的親吻，好像吻的不是另一個人的嘴唇，而是透過另一個人的嘴唇反過來吻著自己。利用另一個人的存在剝除自己外在的武裝碰觸到最柔軟的內心。想起無花果。女人下體的形狀就像是一顆無花果。剝開堅硬的外殼，裸露而出的果肉褶皺裡一顆顆的小眼睛直看著自己。

我猛然推開女人，差一點點就要射精了。

我慶幸著拉起褲子，皮帶金屬釦頭敲撞清鏘作響，拉開門悶著頭直往外衝。肩膀重重撞進某個人，對方尖著嗓子連連幹譙，但我並不在意。一逃出廁所，舞池瘋癲張狂的音樂隨即重新擁抱住我。可是我再也感受不到安全。這些人的存在讓人一點都不自在。

我離開夜店。沒有告知任何人。

5

「她們走了？」店長一從後門進來便往角落望去。

「剛走。」我回答。

「什麼時候走的，我都沒發現。」他咕噥著。身上的菸味不重。

稍早時候，下午一點剛過，一波人潮剛好過去，莉娜裘莉和小V一同來到店裡。

綁著俐落短馬尾的小V是莉娜裘莉社工系的學妹（V據說是Venus的簡稱），為了做期中報告而採訪她。主題當然是近期犯案手法離奇的「古坑山區老婦命案」。畢業在即的小V未來並不打算從事社工一途，而是以公民記者為目標。她認為在這個眾聲喧譁萬籟牴觸的年代，只有「獨立記者」才能夠對事件握有真正的報導權，不會被其它勢力或者人情所牽制。

我抓著托盤繞出櫃檯，朝她們空出的那桌走去。

可能是過於投入訪問，小V點的莓果fiesta特調冰沙根本沒吸幾口，三分之二融化成果汁。倒是莉娜裘莉，維也納咖啡連一點奶油漬都沒留下，只是杯緣有一彎塗抹開來、顏色桃粉淡淺起毛邊的口紅印子。

握住冰透的玻璃杯，水珠碎在掌心冷得益發銳利，不由得回想起方才送飲料過去時，碰巧短暫介入她們的談話。

「其實那天晚上……車上不只我一個人……」見我靠近，莉娜裘莉若無其事將自己拉進話題，話一說完便心虛似的捧起咖啡杯深深啜一口。

「Chess 也在？」小V驚呼道，重音明確，扭頭盯住我，完全無視於我手上這杯鮮艷醒目的飲料——頂端還放了一小撮剛摘下的嫩薄荷葉點綴。

名字裡有個「棋」字的緣故，有些朋友會喊我「Chess」。儘管我下的實際上是通常被稱為「GO」的圍棋而不是象棋或者西洋棋。

「嗯，他在啊。我們那天一起回去喝喜酒。」莉娜裘莉舔一下嘴唇，雲朵般堆在維也納咖啡上頭的奶油大幅度歪斜。

對話陷入短暫的停頓。無論是我或者莉娜裘莉都沒有提起阿成。

說到底，小V並不認識他。更何況，要是讓眼前這小學妹知道阿成的職業，恐怕會惹來更多麻煩，說不定搞到最後還要我們幫她牽線引薦——但這偏偏是阿成的禁忌之一。他向來不喜歡和其它人聊起自己工作上的事。

「我們的工作內容很敏感。」我能清楚想像阿成說出這句話時的表情。和現今流行的價值觀不大一樣，阿成將自己的工作看得很神聖。

「等一下訪問完學姊，方便問你幾個問題嗎？」小V睜著那雙像是割過雙眼皮、大到不自然的眼睛瞅著我。

「會問很久嗎？」

「又沒關係，你老闆又不在！」她用手肘撞了撞我的大腿外側。

她知道肢體接觸可以迅速拉近兩人的關係。

「我還是覺得不大好……他出去抽根菸，應該很快就進來了。」我順著她的目光看向空無一人的櫃檯。

「好吧，算了……反正如果學姊有說不清楚的地方我再問你──啊、對了，學姊，可以錄影吧？」

「錄、錄影？」莉娜裘莉結巴著頓時慌了手腳。「妳怎麼不早說？」

「有什麼關係，我記得學姊每次出門都會化妝──」沒等對方答應，小V側身逕自從斜紋帆布包裡掏出一台通體銀亮的DV。

「妳到底懂不懂啊──出門和上鏡頭的妝哪裡一樣！」莉娜裘莉連忙撈來手機，抓抓瀏海、又順順髮尾，把螢幕當作鏡子開始整理頭髮。

我冷笑一聲。「拜託，不是學校的期中報告而已嗎？而且──會拍到臉嗎？這種和刑事相關的報導照理說不會把當事者的臉亮出來吧？」

「只要當事人沒意見就可以，畢竟和案件本身無關，還有……我要做的並不是一般的報導，而是想弄成紀錄片那種形式。」

向來對紀錄片提不起勁，我聳一下肩膀表示「隨便妳反正不干我的事」。

「請兩位慢用。」說完固定台詞便轉身離開。

「這根菸很長喔！」從回憶回過神來，我摸一下他的肩膀。

沒理會我的調侃，店長抓起我面前托盤上的杯子，打開水龍頭悠然沖洗起來。

重量消失的瞬間，我反射性將托盤捧得更高幾乎要撞到上頭的琉璃吊燈，下一秒才趕緊把力道收回來。

瞥向壁上掛鐘，再五分鐘就兩點，他離開了將近一個小時。

「順便去書店看書。」

沒客人也不能這樣啊！我不禁苦笑。

「還是沒辦法下定決心要不要買啊？」我邊問邊將身體靠住檯子。

明明都已經看完了——實在搞不懂眼前的男人到底是隨興還是不夠乾脆。

「應該會吧……」他偏頭呢喃著。

讓店長猶豫不決的，是一本詩集。據我所知他已經讀完三遍。

「你下午不是要看牙醫？」他冷不防轉移話題。

突然和他的眼神對上，我怔愣一下，促狹按住左臉頰。「喔、嗯、對啊、感覺好像怪怪的，不知道是不是之前補的地方又崩了。」

「你預約是幾點？」他跟著看向掛鐘，左右搖晃的金屬鐘擺帶著濃厚的復古情調。

「三點。」啊，今天不能聽阿成的節目了。

「差不多該過去了吧？還得先把牙齒刷乾淨。」他用毛巾把洗好的杯子擦乾，再一一擱回架上，口吻像是永遠不會忘記帶衛生紙和手帕的乖寶寶。

要是和左撇子的店長並肩刷牙手肘肯定會彼此打架。

思緒一時間不曉得飄到了哪裡去。

叮！

訊息提示聲響。

「行事曆也在催我。」我掏出手機胡亂按了按。「結束後我會趕回來。」

店長點點頭，隨手抓來雜誌翻開。「如果還是覺得不舒服的話，就直接回家休息。我應該還可以應付過來。」他環視此刻空無一人的店內自我解嘲道。

「店長如果閒著的話，還是更新一下臉書粉絲頁吧……多放點照片，還是花點成本投放廣告之類的。雖然不如以往，但經營社群網站依然是現在相對有效的行銷手法，是成功致富的關鍵。」說到最後，語氣簡直和所謂的靈修（直銷）團體沒兩樣，說完忍不住吐了吐舌頭吐槽自己。

「那是你的工作。」

「我的工作？你什麼時候說讓我負責行銷了？」我衝著他迅速眨巴眼睛。

「剛剛。」

似乎對自己的耍賴感到害羞，店長咕噥著壓低臉，刻意別開視線。

「好啦，我晚點回來再研究看看。」

不等他回應——他大概也不曉得該怎麼回應，我推開門，快步走進外面的燠熱空氣，完全忘了應該假裝牙疼。

遠方灰銀色雲片相互穿插堆疊，靠近城市的底部青黑，時有電光。

雨勢會不會蔓延到這邊來呢？想著這樣的問題，我再度加快腳步。

目光橫越車流稀疏的柏油馬路，莉娜裘莉站在對面騎樓底下滑手機。

剛剛的訊息提示音效並不是行事曆提醒，而是她沒耐心傳來催促的。

她抬頭一見到我隨即舉手猛力揮動，咧嘴露出笑靨，和早些時候在ＤＶ鏡頭前的緊繃神情截然不同。

6

「好、慢！」

「店裡就我們兩個人，我當然要等他回來才能走啊！」

「欸欸，他、你們店長——真的是gay啊？」不是想和他交往，莉娜裘莉純粹是八卦。

她就是小V不想成為的那種人。

「我沒有說過他是gay。」

「四十幾歲沒交過女朋友，皮膚保養得那麼好……還有，有肌肉就算了，現在是基本配備、重點是，他的屁股還翹得那麼誇張！」莉娜裘莉說著說著雙手情不自禁做出宛如鳥爪的手勢，讓人弄不明白她究竟是想掐捏店長適合代言牛仔褲的臀部又或者足以推銷胸罩接近D罩杯的厚挺胸肌。

「運動員的屁股都很翹。」

田徑隊出身的阿成同樣是絕佳例子。可是因為身形較為精壯，整體視覺效果沒有店長那麼具有「肉感」。

「你也覺得他很性感吧？」

嘖，這女人到底有沒有在聽人家說話啊？

「印象中，他以前好像是排球校隊。畢業就沒打了……現在還是很常運動，就算沒去健身房，也都會到游泳池報到。」

穿過斑馬線，我們並肩往公車站牌走去。一旁的紅豆餅攤排起隊伍。

原本生意普通的攤子，在中間夾了冰淇淋後大獲好評。如今已成為附近的地標。

是不是該在店裡主打什麼特殊料理呢？

曾經流行好一段時間的杯子蛋糕、結合可頌和甜甜圈的cronut，還是舒芙蕾鬆餅……

腦中浮想聯翩。卻淨是抄襲的主意。

「幫我問問看啦，看他是不是——」

忍不住嘆一口氣。好像不小心嘆得太誇張了。「我不是說過了，威威——手搖飲料店的威威妳記得吧？他跟他告白過，被拒絕了。」

「威威？你是說少年禿的威威？」

「人家是家族遺傳，十男九禿，沒聽過啊？」

年僅二十五歲的威威雖然髮線倒退嚴重，但膚質佳，鼻樑高挺，眼睛也是時下頗吃香的性感單眼皮。

「我倒是聽過『十個光頭九個富』。」她自以為幽默笑出聲來。

「最好是啦！如果是真的，那麼按照機率計算……一百個男人裡，有八十一個都是有錢人。」我試著把話題從店長的「肉體」轉移開來。

儘管不是故意的，不過，老實說，確實精神出軌過幾次。和阿成做愛時，無法克制地把他當成了他。回過神來不是阿成高潮，就是我射了。甚至有時候從後面抱著阿成，也會想起那張從泳池湧現、泛著水光的黝黑背部。

「八十一個？為什麼是八十一個？」

「算了、算了——」我決定不跟從小到大數學總是補考的她多作解釋。「反正……妳下次不要再害我說謊。」

「我又沒逼你說謊……看電影而已，你幹嘛說謊？」

「妳覺得我說得出口嗎？啊、店長、不好意思喔，我今天下午想請假去看電影——妳好意思說我還不好意思聽哩！」今天一大清早，貝果還在烤箱烘著、果汁都還沒打好，莉娜裘莉便傳LINE說今天請一整天假，生理假喔，有一部很久以前就想看的電影，問我有沒有空陪她一起去？聽著她的聲音，昨晚在餐桌前大啃炸雞的模樣旋即浮現眼前，實在無法拒絕。「所以妳到底要看哪一部電影？」我話鋒一轉。

「我最喜歡歌舞片……愛情喜劇好像也不錯——還是……還是乾脆去看恐怖片好了？聽說最近有一部韓國恐怖片評價還不錯！朋友看過的都說好看，不少人還哭了……不過不曉得是感動還是被嚇哭的就是了！」說到最後莉娜裘莉又自顧自笑起來。「喔、對了，網路評分不知道高不高……」

恐怖片。

我想現在並不是個好選擇。

咚！

那晚明明只是隨著水花迸碎而在腦海中想像出來的聲響，此刻居然扎扎實實迴盪耳側。

「妳還沒決定好喔？」我刻意放大音量想壓過那虛妄的聲響——轉念一想，印證自己先前的猜測：她果然只是想找人陪著自己。看什麼電影、看不看電影根本無所謂。「那我選喔——歌舞片好了。」

「就知道你會選歌舞片！」

公車緩緩駛近。

「啊、悠遊卡。」我驚呼一聲翻開人工皮革製成的黑色郵差包。

再抬起頭時才發現，不知道什麼時候，莉娜裘莉已經從身邊消失。

張望四周尋找她的蹤影。司機碎語著關上公車門開出白色方格。

揮手還不上車，根本是奧客。我好像聽見對方這麼幹譙。

遠處傳來清晰的鞋跟聲。只見莉娜裘莉蹬著高跟鞋往另一頭的街角小碎步而去。

路邊「小心行人」的三角形號誌牌旁依偎著一道佝僂身影，被卡住似的在人來人往的城市風景中杵在原地。即使絕大多數的人都不會留意甚至將之視為行進間的阻礙一心只想著繞過、忽略抑或盡快排除，但對莉娜裘莉而言，放眼望去，再也沒有比這個老人更顯眼的存在了。

已經看不到公車的車尾燈。我跟上莉娜裘莉。

老人身穿沾有灰白斑點的深褐色外套，質地蓬鬆，整個人像是往外脹開一樣，看著看著有一種輕飄飄讓人聯想到熱氣球的不真實感。他的眼神渙散迷濛，彷彿空氣充滿五顏六色令人目不暇給怎麼都抓不準焦距。

這不是莉娜裘莉第一次在街上和老人搭訕——

不過……總覺得這回有哪裡不一樣……

正思忖著，只見她發現什麼，手冷不防往老人外套領口伸去，順著有著竹籐粗糙質地的帶子，從胸前掏出一張裝進塑膠套模似乎是識別證的名牌。

我伸長脖子越過她肩頭想一探究竟。

7

「不好意思……不好意思造成你們的困擾……不過真的、真的很謝謝你們……實在是太謝謝你們了。」

頻頻跟莉娜裘莉點頭致歉道謝的，是一名體格瘦削頎長的男子。男子的視覺年齡約莫五十歲，一頭旁分的髮型讓人對他的沉穩氣質印象更加深刻。他穿著稍嫌寬鬆、略帶雅痞風的海綠色襯衫，袖口反摺至手肘。

「我看你們還特地幫那位爺爺做了名牌，應該是知道他有失智的情況，怎麼還會犯這種錯，把人弄丟呢？」莉娜裘莉腰背打得挺直，嬌小玲瓏的身軀頓時變得像是一面盾牌。

「對、對不起——是我……是我的錯，吳大哥明明還特別交代過……」站在男子身旁，和莉娜裘莉同樣個頭不大的女生插嘴道。

莉娜裘莉挑眉瞥向她。

「啊、我介紹一下，這位同學是黃婷貞，是來這裡當志工的大學生。」男子停頓一下為我們介紹，接著看向女大學生，抿出淡淡的微笑，拍一下她的肩膀安撫道：「沒事的，不用太自責，今天會發生這種事，是我的疏忽……我不該隨便離開，讓妳一個人處理這麼大的場面。」

「請不要誤會，我沒有要追究誰的責任的意思，只是想提醒一下你們，希望日後不要再發生今天這種事……算是共勉吧——真的……很危險，況且、面對這種處境，會讓他們陷入不安、焦躁甚或憤怒等情緒，容易對他們精神狀態造成負面影響，也可能加速智力方面的惡化。」莉娜裘莉有條不紊說道。

原來她也有這一面啊。我好像這一刻才真正認識莉娜裘莉。

「共……勉？」男子沒有遺漏關鍵詞。

「我目前從事的、是有關失智老人關懷的工作，如果有需要協助的地方，歡迎來我們協會洽詢。」她說著遞出名片。男子接過仔細看了好一會兒。

透過擦拭乾淨的鏡片，他的眼睛看起來格外明亮。

他的眼鏡款式和阿成之前那副好像。

這麼說起來……阿成那副舊眼鏡到底收到哪裡去了？

「『銀髮樂活教室』……」我唸出張貼在牆上的海報大字。先是從開在門上的玻璃方窗望進去，裡頭坐著十來個老人。講台上站著一名打扮素雅的老婦人，老婦人身後的黑板有一隻用白色粉筆勾勒出的花瓶，花瓶四周鷹架般拉出好幾條水平和垂直的輔助線條。最後我將目光轉回到男子身上。「你們這裡教什麼啊？畫畫？」

男子從名片裡抬起頭來，和我對上視線，收一下下顎，眼角隨著上揚的嘴角一彎。「我們教室的型態……目前在臺灣相對比較少見，主要是參考國外的作法，所以——所以可能跟目前一般人認知中的銀髮樂活教室不大一樣……我們不會特別聘請外面的師資，而是讓他們成為彼此的老師。」

「『讓他們成為彼此的老師』？」莉娜裘莉重複男子的最後一句話。

「我聽懂意思了。例如你教我畫畫，我教你圍棋，讓才藝互通有無。」後半段是舉例給莉娜裘莉聽的。

她睜大眼睛一臉恍然大悟。

「很棒的構想！」她用手機記錄著。

和一些「特別的例子」相處久了，莉娜裘莉忘了累積無數生命經驗的老人們具備多少活力和可能性。

我抽來一張疊放在辦公桌上的單子。A4大小，虛線分隔線上方是廣告，下方則是報名表。「都是免費的？」

「當然免費，提供教學的人是學員自己啊！」男子理所當然答道。

「但是還有場地、水電空調什麼的……要維持一個地方的運作不是那麼簡單吧？」在咖啡店工作久了，習慣性考慮起成本。「你也都會待在這裡吧？」從先前的對話判斷，男子應該是事必躬親的類型。

「我們教室啊，除了國定假日，全年無休喔！」女大學生打廣告似的拔尖聲音說道。

所以連人事費也得想辦法自行吸收。

我以後老了，如果這地方還在，或許會來也說不定。

還有很多問題想問，營運方式、經營理念，當然，最重要的，初衷——但這時候，手機突然響起來。

最近使用的鈴聲是英國女歌手 Jessie Ware 的 *Say You Love Me*。

「我接一下電話——」

是阿成。

往樓梯間走去，身後傳來莉娜裘莉和對方交談的聲音。看來她和我一樣好奇。

「喂——」感受自己聲帶快速的小幅度振動。讓人聯想到昆蟲急驟拍打翕動的半透明翅鞘。

8

「真好——這個社會，還是有人試著做些什麼好事。」

她說話的方式，像是沒有意識到自己一直在做的事有多麼了不起。

我想用她稱讚別人的話，反過來鼓勵她，然而阿成幽幽飄盪耳邊的低沉話音始終無法消散。

「趕快回咖啡店。」

相當簡短的一句話。

他知道我今天下午要和莉娜裘莉去看電影——他不知道的是：我沒有尋「正當管道」請假。

原本想和他解釋，但阿成的口吻透露出不容置喙的嚴肅感，讓我錯過了和他商量「能不能換個地方談」的機會。

不過，真正令人在意的，是他的下半句話：「把莉娜裘莉一起帶過來。」

明明知道我們兩人待在一起，又為什麼非強調這句話不可？

還是……這句話背後代表的真正意思是：阿成想見的人其實不是我，而是她。

我瞄向身旁的莉娜裘莉，她正在用手機搜尋樂活教室的相關資料。

還有——怎麼會漏掉呢？我猛然想到一件更重要的事……

這時間，阿成不是應該在主持警廣才對嗎？

推門一踏進店，原本坐在櫃檯前的店長立刻迎上前來。「阿成他還沒到……我幫你們留了最裡面的位子。」他手上握著馬克杯一臉認真說道。

店內和方才離開時不同，多了一桌客人。是那名神態似熊的年輕編劇。

一如往常，他手邊擱著萊姆葡萄巧克力派和曼特寧。派的尖端已被叉子削去缺了一角。

身後的門再度被推開，險些擦到莉娜裘莉的背，她抽直身子驚呼一聲。

是阿成。身後尾隨一名中年男子。男子體型乾癟細長，彷彿一坐下來就會從中間折斷。

連一句話都還來不及說，只見阿成迅速伸出手搭住莉娜裘莉的臂膀，不等店長帶位，便將她一路往店內深處「引領」過去。被夾在阿成和那名男子之間的莉娜裘莉，有一種被挾持的感覺——這也進一步證實自己的預感：他想見的人果然不是我。

他剛剛甚至連瞄我一眼也沒有。

可是……為什麼？

在我們交往的這一年多以來，阿成沒有一次跳過我直接和莉娜裘莉討論任何事——儘管他「現在」喜歡的是男人，但她畢竟是他的前女友。

啊……我在嫉妒嗎？

我真的是一個很爛的朋友。不由得意識到自己雖然沒有介入兩人關係，然而，無法否認的是，三年前，當莉娜裘莉第一次為我們介紹彼此，在逢甲商圈咖啡店的落地窗邊見到阿成的第一眼時，心底突然滲出某種黏膩的情緒。

聽到聲音瞬間，認出他就是自己平常收聽節目的主持人Alex，那股情緒益發強烈。

怎麼可能？警廣應該是在台北才對——明明不知道確切地點，只是憑著直覺認定。反正所有聽過卻從沒親眼見過的東西統統該往台北去。

後來才知道，他們談的是遠距離戀愛，擔任內勤工作的阿成每周六日固定休假，一休假便南下直奔台中找莉娜裘莉。兩人之間的緣份，源於某回聯誼，阿成朋友臨時無法出席，拜託他代打——沒想到卻先讓對方踩上壘包。

起初以為是「羨慕」，羨慕她能有一個自己喜歡而對方也喜歡自己的人。

直到很久以後，我才明白那原來叫作「嫉妒」。

正因為阿成，莉娜裘莉才會毅然決然在準備升上大四那年參加轉學考，即使要降轉也在所不惜。縱然來到台北不到半年兩人便（和平）分手。接著，再過半年，就是我和他的故事了。

回過神，愕然發現店長正凝望著自己。

「對不起，我不是故意要說謊的……」不知道該狡辯些什麼，我索性為自己早先的行為道歉。

這句話很弔詭，哪有什麼謊不是故意說的呢？

總之，每個人都這麼說。將錯就錯地說。

「沒關係。」

忽然間迸出一個靈感。「你知道我說謊？」

他歪著脖子，點了點頭。

「為什麼？你怎麼知道我不是真的要去看牙醫？」

「笑容。」他說。「你的笑容很自然，跟平常沒什麼分別。」說著，比手語似的，他若有似無輕點一下自己的唇角，而後在半空中劃出一道弧線。

我還在思索該怎麼回應他，遠遠看見阿成從側背包裡掏出平板電腦。

「你把水直接端過去吧。」店長將倒好水的四只玻璃杯擱上托盤。

他的意思是自己就不過去打擾了。

我朝他眨眨眼睛，端著托盤往裡頭走去。

阿成將手上的平板電腦調轉方向，螢幕面對坐在靠走道一側的莉娜裘莉。

有什麼想讓她看——思索著的同時腳步不自覺放慢。

赫然出現在畫面裡的，是莉娜裘莉。

更精確來說：是稍早的莉娜裘莉。

影片裡的她，打扮穿著和現在一模一樣。

我馬上反應過來——

「是小V……」想起用DV瞄準莉娜裘莉的小V，我忍不住嘀咕道。

除了怔愣住的莉娜裘莉之外，同桌的另外兩人同時抬眼看向我。

「小V？小V是誰？」率先出聲的是坐在阿成身旁的竹節蟲男子。

他來回看了看我和阿成，最後視線停在阿成身上等待答案。

「她是我學妹。」莉娜裘莉替壓根兒不認識小V的阿成解圍。

「錄這段影片的人就是她？」阿成重新打直上半身，直視著莉娜裘莉問道。語氣讓人聯想到「偵訊」——當然沒有真正接受過偵訊的我，只能以看過的戲劇充當樣本數。「她的本名叫什麼？」

莉娜裘莉先是點點頭，「李雅璿。」然後吐出一個名字。我放下托盤，順勢在她身邊的空位落坐。對桌的男子手臂橫過桌面，用那指節分明的手一把抓起水杯，一口氣喝掉二分之一，皮膚瞬間脹起來。近距離看，男子似乎比自己原先以為的還大上四、五歲，雙頰凹陷臉色蠟黃，看起來不大健康。

或許前些時候曾經大病過一場也說不定……

男子的襯衫尺寸明顯不合，袖口鬆垮。從上頭的皺褶和領口的淡淡汙漬，可以判斷這並不是最近才添購的新衣服。

又開始忍不住觀察人了。

一直認為這是當年爸媽離婚造成的習慣。

如果是心理學家，大概會說是某種情結（complex）或者固著（fixation）。

「這是……Youtube？怎麼會？是小V上傳的嗎？」她困惑自己的影片到底為什麼會被放上網路。

介面一看就知道是Youtube。我湊近螢幕，發表帳號是Victoria1995。

原來小V的V不是Venus。

「你們怎麼知道有這段影片？」我發問。

「她將連結分享在臉書上——《殺人不償命》，聽過嗎？」

我和莉娜裘莉交換了個眼神後，一齊搖了搖頭。

「該怎麼說明比較好……」男子嘀咕著，從鼻腔送出長長的氣息，眼睛往上吊盯著天花板，思考片刻後拉回目光接續說道：「總之……類似《爆料公社》——你們都聽過《爆料公社》吧？但是內容種類沒有那麼複雜。《殺人不償命》的性質比較專門、單一，主要偏向刑事，特別是一些情況較為特殊的案件……該群組內的成員會互相分享訊息。我們有派幾名人員隨時follow這個頁面的消息。」

follow——就是「監控」的意思吧？

「其中一個負責人是我警大學弟……我們以前也一起承辦過、某個案件。他一看到這段影片便立刻通知我。」男子說明得很詳細。

承辦過某個……案件？

總覺得背後有什麼難言之隱。

竹節蟲男子抿出一抹苦笑，往下說道：「他原本想直接私訊該粉絲頁讓他們趕快把這篇PO文撤掉——但我想了想覺得不妥。」

男子考量的沒錯。

雖然我不清楚《殺人不償命》的社群影響力如何，可是在這時代，如果真的這麼做，大概用不了多久，便會被《爆料公社》PO文爆料。緊接著就會有媒體以〈白色恐怖重現！知名粉絲頁PO文被強制撤下！〉之類的聳動標題大加撻伐警方所作所為。

不過為什麼警方會想要求他們撤掉這段影片？

我不認為莉娜裘莉只是坐在這裡說幾句話就會踩到什麼線。

除非——又和那起命案有什麼關聯？

雖然沒有完整看完影片，不過我想莉娜裘莉只是把先前被媒體訪問時說過的話再重複一遍而已。按照常理來說，應該不會對任何人造成困擾才對啊……

在內心自我來回辯論之際，男子從阿成手中接過平板電腦，將螢幕翻向自己，指頭在上頭滑動，調整一陣後重新向著我們。畫面裡的莉娜裘莉嘴張到一半，眼睛也幾乎是翻白眼的狀態——總而言之，絕對不是可以引以為傲的表情。她想抗議，又覺得這氣氛好像不是開這個口的時機。男子再度抿住嘴唇，像壞掉卡住怎麼拉也拉不開的拉鍊。隨後，他用食指指尖輕輕點一下螢幕，影片從他拉到的時間軸位置開始播放，莉娜裘莉的聲音從那徹底張開來的嘴傳了過來。

「妳問我什麼情況啊？嗯……我覺得……我覺得屍體看起來……」莉娜裘莉吞吞吐吐說著，提到「屍體」一詞時，還下意識降低音量，讓人不得不前傾身子才能聽清楚。「看起來……包得像一顆繭。」

繭？

當我在心底輕聲重複方才她吐出的字眼時，男子俐落往螢幕一戳，影片才播放了幾秒鐘便被中斷。

「妳沒事說這些做什麼？」阿成搶先男子一步發難。

我第一次看到阿成顯露出這種猙獰的表情。

他向來板著一張臉，但從來沒有真正動怒過。

「我不知道小V會把這段影片放上網路——可是、奇怪耶？我不懂……就算被放上去又怎麼樣？我之前也被其它記者問過啊！」

地方新聞記者。

一般而言，刑事案件是由該地方的分局偵辦。當案情牽涉範圍更廣時，便會改由該縣市的警察總局刑事警察大隊接手調查。然而，像少數這類犯案手法詭異獵奇、容易引起社會大眾恐慌的命案，則會有更上層的單位介入。

例如此次事件發生在雲林，便會轉交給位在台中的中部打擊犯罪中心負責後續偵查。

參加婚宴那天，作完筆錄來到分局門外，只見一個一副登山打扮的中年大叔記者立刻湊上前攔住我們，說有幾個問題想請教。「很快很快。」他說。因為急著趕去飯店，另一方面也是心亂如麻，我們婉拒。沒想到對方纏功一流，不肯輕易放棄，不只給了我們名片，還跟我們各自要了一張保持聯繫。當時只有莉娜裘莉身上有名片——阿成有公發名片，不過因為使用頻率極低，平常不會特地帶在身上。至於身為研究生的我，自然更不用提了。

「繭。」吐出這個字後，阿成的喉結結實實上下抽動一下。

「繭？」莉娜裘莉咕噥著，又瞄向我。

我不懂。

阿成和男子交換視線，定定看著莉娜裘莉，迅速舔了舔嘴唇：「之前……妳對屍體的形容，是說——像木乃伊。而不是繭。」

阿成指的「之前」，是我們發現屍體的隔天凌晨莉娜裘莉接受中年大叔記者電話採訪刊登在報紙上的地方新聞。

「是有差喔？木乃伊、還有繭，這兩個不是差不多嗎？」她皺著眉頭瞥向我，語氣變得急促。「因為、因為Chess在作筆錄時說屍體像木乃伊，所以我才會跟著說像木乃伊——但是、但是我後來覺得……覺得比起木乃伊，那種狀態好像更像繭……」

「先不提之前的地方記者訪問……沒有提醒妳對外發言務必謹慎是我的疏忽。可是、妳還記得嗎？之後看到那篇報導我不是還特別提醒過妳，今後不要再隨便和其它人提起那晚的事？」

「就跟你說了，我又不知道小V她會把影片PO上網，我還以為只是學校作業！」面對阿成的指責，莉娜裘莉顯然也被惹毛了。

「不管是不是作業，妳都不應該討論這起案件。任何還沒偵破的案件都不應該……更遑論──還是在鏡頭前。」

「阿成，先不要急著怪你朋友……說起來……我還要謝謝她……」竹節蟲男子發出暗啞的聲音緩頰道。他的笑容相當虛弱，視線從阿成慢慢移到莉娜裘莉身上，凝神注視著她。「繭。如果不是她這樣形容的話，我也不會把他們聯繫起來。」

「『他們』──」我抓到關鍵詞。「你的意思是……還有另外一具？」

莉娜裘莉霎時傻住。

今晚第一次，阿成側過頸子凝視著我。

男子用力點一下頭，停滯半晌，像是重新開機，清了清喉嚨才繼續解釋道：「你們──聽過『陽明山綑屍案』嗎？」他的眼神迷離，似乎領先我們一步彎進羊腸回憶之中。「發生在九年前的一起命案。」

當然沒聽過。

那時我和莉娜裘莉都還不在台北。

倒也不是不身在台北就一定不清楚發生在台北的事，只是大多時候瀏覽新聞，人都會習慣性篩選切身相關的議題。先是身份，然後是地緣，一步一步把自己在社會上的範圍圈出來——就是所謂的「定位」。

「我把資料調出來——因為是警方內部資料，所以我只拿給阿成看，讓他確認兩起案件是不是有可能有關聯……至於中打那邊的資料，我想等之後再跟他們要……你們也知道，只要牽涉到『組織』就很麻煩……」他稍稍挪動身子望向阿成。「看來還是得先說服隊長——越級處理大概會弄得兩邊都不是人……」

阿成一面聽著，一面點頭附和。

內部資料——指的應該是屍體的照片吧……

雖然有些不敬，不過坦白說，我一點都不想看。

我鬆了一口氣，慶幸自己不是任何組織的一員。

「結果呢？」

不能介入調查，但是，我想知道結果。

阿成和男子——還有莉娜裘莉，同一時間往我看來。

「很像。」沒有絲毫遲疑，男子明快回答。「幾乎是一模一樣。」

「模仿犯……警方是擔心有人會模仿吧？」我反射性接話說道。

他們之所以想將那段影片撤下的原因。

我記得——當然也是從戲劇歸納得到的資訊，在一些較為特殊的案件中，警方會對外（不只民眾，也包括記者）封鎖關鍵訊息。一方面是為了不造成社會恐慌，另一方面則是可以作為「認證」兇手的手段。

莉娜裘莉在無意間透露了關鍵訊息。

而那或許就是兇手的「印記」。

「你的反應真的很快。」男子說著看我一眼，旋即瞄回阿成，像是察覺到我們兩人的關係似的，他皺起鼻頭短促笑一下，握住半滿的水杯，在桌面小幅度左右擰動。「雖然繭和木乃伊基本上呈現的狀態差不多，都是綑綁、纏繞的概念——但那是在一般人眼中……」

難保在心理異常者之間不會引起什麼共鳴，發現當中的細微差異——

不曉得為什麼，總覺得自己可以把男子沒有說完的話在心中延續下去，補述完整。

「我是不是……造成了什麼麻煩……」原本被阿成點燃怒火的莉娜裘莉，這會兒眼神低垂，不敢看向好一段時間都沒開口的阿成。玻璃桌面映照出她的輕淺倒影。

沉默乍然降臨。耳邊傳來遠處筆電喀喀喀、喀喀喀的鍵盤敲打聲。

聲響紮實、節奏穩定，讓人感受到一股堅毅。

他在編織什麼樣的故事呢？

我不禁分心恍恍惚想像著。

「總之呢……希望妳不要放在心上，今天找妳出來，只是想和妳聊聊——」

「還有，不要再對外發表關於這件事的任何意見。」見學長不擅長扮黑臉，阿成索性插嘴道。

「我又不是故意的……」莉娜裘莉噘起嘴。

「可是如果這兩起案件有關——」

阿成的目光掃過來，示意我不要再追問案情。意會到他的意思，我趕緊咬住下嘴唇，將剩下的話統統推回喉頭。男子若無其事也跟著看向我，他眼角的皺紋又深又密集，像是用刀刻出來的一樣。

「只能說，幸好那粉絲頁不是公開的，需要加入才看得到貼文——而且……因為大多數發表的內容不僅僅是過於真實，還比一般社團血腥露骨，所以會特別注意這則消息的人也就更少了。」男子的口吻和緩，言談之間充斥著自我安慰的意味。

明明先前已經打定主意不過來攪和，只見店長這時雙手捧著添滿水的長頸玻璃瓶信步來到桌邊，彷彿想為這場臨時的會面劃下句點。

感受到某種形而上的默契，竹節蟲男子邊道別邊起身，充滿動態感的姿勢似乎暗示等一下還得趕去其它地方。縱然語帶保留，可是不置可否，莉娜裘莉這則突如其來的影片確實讓他瞬間忙亂起來。

我目送著尾隨男子離去的阿成，心想等他的身影從自己眼底完全消失後，要打開廣播聽聽開天窗的節目該如何收拾。

早已料到我的想法，陌生男子的聲音幽然於耳邊響起。一時間以為又有客人上門，扭頭才發現那聲音來自喇叭——店長打開了廣播。

「讓我們收聽下一首歌曲……」

使用「歌曲」而不是「歌」——該說是老派嗎？

廣播裡流瀉出代班主持人的纖細聲嗓，緊接著是樂音輕柔的熟悉前奏。

And then a hero comes along

是上一個世代的天后瑪麗亞凱莉的*Hero*。

莉娜裘莉表情虛脫縮在椅子裡。

我將水杯一一放上托盤，只留下她面前的那一只。

當時的我根本想像不到，莉娜裘莉看似無心的一句話：屍體看起來包得像一顆繭——居然會在不久後的將來，成為一連串事件的開端。

或者也可以這麼說：成為某些過去的答案。

F

經過巷子的人，或許都以為我在撒尿。

不久前剛受過刺激，要在短時間內達到完全勃起的狀態並不困難。精液混合唾液一次次噴在牆角。腰部發力的緣故，標高略高於之後的尿液。排出最後一絲熱能的剎那，渾身猛地抖顫一下。

感覺自己像一列出發離站的蒸氣火車。

鑽出暗巷，從口袋掏出二十塊想找間便利商店買飲料解渴，這時，一個光怪陸離的景象映入眼底：一名中年男子手上抓著迷彩色遛狗繩——但遛狗繩繫連著的，不是狗，而是另一個男人。

難道現在大城市比起遛狗，遛人才是更流行的事？

按捺不住興奮，我提起腳步追上前去。

答答答答、答答答答——特地穿新鞋參加畢業旅行。如此一來，鞋底沾上的所有污漬就都是這座城市的。答答答答、答答答答……我慢慢追上那名遛人的中年男子。也許不是那麼新奇的事，畢竟和男子錯身而過的路人都沒有多看他一眼。想像其它人並不期待新鮮事的發生，步伐好像變沉重了。

答、答、答、答。答、答、答、答。

我停止跟隨。

汪！

倏地，那個匍匐在地用四肢爬行的男人冷不防吠一聲。

叫聲真的好像狗啊——

汪！

緊接著，男人抬高臉又是一聲。朝他們迎面小跑步過來的是一位身穿米色小洋裝的長鬈髮女人。

當男人和女人之間的距離愈拉愈近，我的視線也慢慢聚焦在他們兩人之外的部分。

啊。居然是狗。

原來他遛的不是男人。而是一隻體型比人還巨大的黃金獵犬。

黃金獵犬大腿的肌肉線條、略微凸起下垂的啤酒肚和在夜色裡泛著金屬光澤的毛髮……

回飯店吧，我心想。只見女人挽住男人的手，繃緊胳肢窩絞住他的胳膊，調轉方向，往他來時的路線折返。

這一轉身一面對，世界這個巨大時鐘好像有哪裡被卡住了。我動彈不得。

是父親。

那個一手被狗牽住，一手被女人藏住的中年男子，是父親。

或者說，那張臉殘留著記憶中父親的表情。

兩人一狗沿著地磚排列整齊的人行道走著。

我跟著。想像著幾年不見的父親順著歲月衰老的模樣。如果他能在一扇斑駁舊髒的櫥窗前停下腳步該有多好。

他們停下腳步，女人鬆開男子的臂膀，說了些什麼，接著小碎步走進一旁燈火通明的便利商店。叮咚，歡迎光臨。可能是過於細心打扮的緣故，坐在自助洗衣店門口台階上的灰色吊嘎男子多看了她幾眼。

等待著的男子抽起菸。黃金獵犬慵懶趴臥在地，濕亮的鼻頭像極了鮮奶油蛋糕上的酸甜黑棗。沒多久，女人從自動門後出現，手上勾著一瓶家庭號牛奶。男子將菸扔在地上，牽起迎向自己的女人的手。黃金獵犬晃幾下腦袋才慢半拍大陣仗爬起身來。他們倒也不急，就這樣手握著手原地等著。

兩枚硬幣、一顆曼陀珠、一張色情服務名片。

一股衝動如煙輕飄飄一路往喉嚨鼻腔跑，想把捏在指尖的這顆曼陀珠往男子後腦杓遠遠丟去，伸著脖子對扭過頭來的他說：嘿、你還記得我嗎？你的兒子。

猝然感到疼痛的男子會不會驚慌失措誤以為自己頭部中彈？

這麼一想像，體內這股煙逸散無蹤。咬著皮脆清涼的曼陀珠，我繼續跟著。人行道兩側被夜色擠壓往銳角盡頭收斂的同時，周遭建築物變得愈來愈密集。其中最遠端最高巍那棟公寓側邊攀附著「景鑫社區」四個大字。字體歪歪扭扭宛如怪獸特攝電影中金色的巨大爬蟲。

前方兩人又一次停下腳步。

嘿、你還記得我嗎？你的兒子。

以防男子突然別過頭看向自己一時間答不上來。我的內心持續練習這句台詞。

嘿、你還記得我嗎？你的兒子。

我調整語氣，想像更多細節創造更逼真的情境。

要是當時已經認識那個編劇寫手該有多好。

嘿、你還記得我嗎？你的兒子⋯⋯

這樣對嗎？有沒有更好的說法？

表情。動作。眼神。我到底該怎麼做才不會犯錯？

並不覺得自己至今為止的人生過得有多糟，只是，還有很多地方想不通。

就好比嘎嘎捲進絞肉的骨頭，這些薄脆細碎的質疑將會如影隨形伴隨成為未來自己的每一個部分。

一點點干擾而已不至於致命。

一點點干擾而已不至於致命。

一點點干擾而已不至於致命⋯⋯

意識到的時候，我已經換了另一句台詞。像忽然被撤換為另一個角色。

一定是我演得不夠好。

又一次——要是當時就認識那個編劇寫手該有多好。這樣我就知道，能不能獲得一個角色，絕大多數時候和演技一點關係也沒有。

我不喜歡把一切想得過於戲劇性。

例如眼前的女人用慢動作點了點頭後鬆開男人粗長胳臂往前走去，飄揚而起的裙襬則用更緩慢速度展現空氣流動的軌跡。男人沒有跟上，似乎想再遛一下狗，試探對方心意拽幾下繩子，黃金獵犬掃把般的蓬鬆尾巴大幅度左右搧動，掀起的風勢讓人聯想到刷去泥沙後從蛤蠣殼上顯露出的平滑線條。

遠遠地，先是鞋底和石子地磨擦的粗礪聲響。緊接著，傳來一個名字。

拉開距離的女人轉過身微彎著腰衝著男人吶喊。一副生離死別的模樣。

女人看起來很幸福。

男人應該也是。

所有幸福的人都非常無恥。

女人又喊一次，提醒男人遛完狗趕快上樓回家。這一回我聽清楚了。她喊出的，不是自己熟悉的名字。

當機。久久找不到對應的字，只能發出相應的音調——當那陌生名字一遍又一遍迴盪在耳蝸裡的時候，男子的臉也相應產生變化，宛如沉浮於檸檬紅茶的冰塊這一秒下一秒融化那樣微微細細發生了改變。

「原來不是他啊。」

我忍不住壓低臉朝自己胸口吐出這句呢喃。

那一刻，才意識到一直以來自己都認錯人。

原來緣分耗盡以後，轉眼間就可以忘記一個人。

我將口袋裡的那兩枚硬幣用力擲向地面。正反正反彈跳幾下後徹底躺平。

笑杯。只有老天爺聽到。

G

「不喜歡水到沖繩幹嘛？」

在認識阿成和店長以前，偶爾會跟網友一起出國。

那回，去的是沖繩，正巧碰上當地的傳統節日：食人節。

把一個人吃掉的話會不會更了解對方？

我天馬行空地想著。

之後才知道，所謂的食人節，吃的其實不是人，而是人身上的厄運。

「我是說我曾經不喜歡水。」

我們沿著國際通漫步，想找間店喝杯啤酒。

面對我的回答，右手邊挑染一頭灰紫色短髮的青年聽了，露出一臉「喔這樣喔反正現在喜歡就好了」意興闌珊的表情。我們在群組裡叫他「黃色氣球」，因為他的大頭照是穿著白色丁字褲露出兩顆渾圓屁股蛋的相片，屁股蛋還用壓克力顏料塗成搶眼的螢光黃——是去年台北同志大遊行時還是他男友的Tank拍的。當時還曾經上過網路新聞在臉書上大量轉發。

這樣的反應已經不會傷到我了。

早習慣說自己想說的話，聽對方說自己想聽的話。

所謂的友情，不就是在無限迴圈的滾輪上跑動的倉鼠？

「為什麼不喜歡水？你不是喜歡游泳嗎？」

也因此，當有人認真回應連自己都感到無趣的話題時，身體所感受到的震動要來得比記憶中任何一次肛交都還劇烈。

左手邊應聲的輕熟男，暱稱「亞伯拉罕」，黃色氣球現任男友會計師事務所的同事，兩個月前過四十歲生日時剛和親友出櫃。原本黃色氣球打算趁著這次到國外渡假來場 double date 介紹我給對方認識，沒想到出發當天凌晨，黃色氣球的男友臨危受命，接替在國道被捲入連環追撞事故的學姊緊急飛往香港查帳。

「小時候被霸凌過。」

「霸凌啊。」他咕噥道。「就是bullying吧？我以前在美國也遇過。」

他的發音很標準。而且不帶炫耀意味。

「其實那時候台灣根本還沒有『霸凌』這個詞。」

用著時下流行的用語敘述過去經歷的事，有一種奇妙的抽離感。

「他們怎麼欺負你？什麼時候發生的？」

一時間接收到太多問題——這麼幸福沒問題嗎？

「國一。」我想了幾秒鐘，接著說：「到國三。」

「他們為什麼欺負你？」

我苦笑一下。

「說實在的，我也不確定……你問他們，他們每個人或許都能給你不同的答案。不過對於受到霸凌的當事人來說，結果一直都只有一個。國中整整三年，我的書桌沒有一天是乾淨的。裡面被塞滿垃圾，外面全被立可白寫滿辱罵的字眼。」

那張書桌，就是他們眼中的我。

「八婆。半閹娘仔。ＣＣ boy。」

那年代，還流行用「ＣＣ」形容個性陰柔的男生，意思是娘砲、娘娘腔。荒謬的地方在於，用這個詞像圈起某個錯字那樣圈起我們的那些人，或許永遠都不知道ＣＣ真正的寫法其實是sissy。

「半閹娘仔？」他皺著臉嘗試發出和我一樣的聲音。

是接觸數字比接觸語言更多的那種人。

「是台語。也有人說『半南洋仔』。就是『人妖』的意思。」

我們是自己人，用這個詞不會太傷人。

「人妖啊，好久沒聽到這種說法了。」

我點頭。心想真好。

那時我沒想過有一天我們可以擁有結婚的權利。世界真的有一點點不一樣了。

現在輪到他們那邊的人說：不一樣又怎樣。

亞伯拉罕身上散發的氣味捲風箏線似的咕嚕嚕咕嚕嚕一股腦把我捲進回憶裡頭。

「所以呢？他們怎麼欺負你？」

「其實很老套。想像力和年紀一點關係也沒有。」我有點做作地聳一下肩膀。「和我剛剛說的差不多。他們把垃圾塞進我的抽屜。把我的桌子搬到操場淋雨。把我的書包扔進都是大便的馬桶。也會揍我。大多時候是肚子。偶爾會呼我巴掌。還有——」我停頓一下才往下說。「他們會強迫我幫他們口交。他們還說我的舌頭比女校那些破麻靈活。」

我覺得在這過程中下體起了生理反應的自己很賤。

但更賤的是，老實說我並不討厭這樣的自己。

我沒有等待對方回應自己的回憶。這個段子一旦開始，就必須結束。

「我印象最深的一次，他們用童軍繩把我的手腳綑綁住，然後，把我丟進泳池。」

「所以你才會不喜歡水。」

「是曾經不喜歡水。」我糾正他。「雖然經過這麼多年，有時候——很少數的時候，還是會夢到。」

「我好像可以理解那種感覺。就像有時候——很少數的時候，我會夢到自己在軍營中醒來。」

「夢到還沒退伍啊？這個我也夢過。」

我們同時笑了。

他手臂的體毛纖長如菌絲，笑的時候帶起更多空氣流動。

「如果可以，我想跟你一起掉進去。」

那瞬間，我知道他會是一個多麼可怕的人。

他深知比起拯救一個人，和對方一起墜落到萬劫不復的地步，是更親近的。

啤酒屋店內寥落，生意頗為冷清。黃色氣球不知道什麼時候離開。

「他剛剛跟一個男人走了。」亞伯拉罕說著，把剩下的酒喝完。

「是喔。我沒發現。」

這樣的反應已經不會傷到黃色氣球了。

離開酒吧，我們沿著來時的路折返。路不複雜，用不著太專心。

「從那之後，我躲進小說的世界。偶爾還有電影。」

「之後是指——」

「被傷害之後。」

我一回答，他已經擺出一臉「其實我知道你指的是什麼」的表情。

他抽起菸。

「小說啊……以前會翻一翻，出社會工作後幾乎沒看了。沒時間。電影倒是常看。你最喜歡哪一部電影？」

記不得他抽什麼牌子的菸。倒是記得他抽菸的神態。甚至是指間夾菸的手勢。

「《艾瑪的禮物》。*Emmas Glück*。一部德國電影。」

我立刻回應。彷彿在多年前看完這部電影的剎那就已經準備好此時此刻的答案。

「喜歡到連原文片名都記得。」

「喜歡到連原文片名都記得。」

他沒有糾正我的發音。

「為什麼喜歡——為什麼最喜歡這部電影？」他修正自己的問題。

「先說喔，雖然叫《艾瑪的禮物》，不過這部片跟珍・奧斯汀一點關係都沒有。」

他又笑了。

不確定他是不是真的知道自己在笑什麼。

我們繼續往前走。他幫我把黏在背脊上的T恤從肌膚撕開。

但走沒幾步又貼上了。

「高中游泳課，老師問我為什麼不下水？我說我怕水，他不信。同學也不信。他們不信有人會怕水。如果他們小說看多一點、電影看多一點，說不定就會信了。」

「那後來怎麼辦？你還是下水了？所以現在才會游泳？」

我們交談的字句愈來愈密集。明明不是同時發聲的，卻好像出自同一張嘴。

「沒有。」我搖頭。吞一口口水。第一次感覺那顆硬實的喉結真的卡在喉嚨中間。「我還是沒下水。」

「他們願意放過你？」

「他們不得不放過我。」我笑出聲，再也忍不住。「我媽跑到學校找老師，說拿過我的八字給老師——給算命老師算過，說我命中忌水。」

「還有這招？」

「命中忌水這件事，是真的。算命老師的確這麼說。」我用手背擦去胸口的汗。「我媽鬧完後，每次游泳課，我就坐在一旁台階上看書。不用再假裝自己怕水了。」

「不用假裝真的很好。」

「拿命運當擋箭牌。」我想不起說這句話的人的臉孔。只記得他臉頰上的痘疤。「我高中的死黨這麼形容過我。他說拿命運當擋箭牌的人會有報應。」

「叫那死黨去死。」

說不定已經死了。

我想起以前一個總嚷著自己要是能活到三十歲就要去死的同學。沒問過原因，反正大家都有原因。剩沒幾年。日子愈過愈快是十出頭歲的我們所無法想像的。

「不過你知道有多慘嗎？」

「有多慘？」他放鬆嘴角，然後微笑。一副真的很想知道的模樣。

「考大學時，我偏偏進了一間必須要會游泳才能夠畢業的學校。你說扯不扯？全台灣這麼多大學我偏偏填到那間。」

「有這種學校？一定要會游泳？真的假的？又不是中學。」

「有。就是中壢半山腰那間。」

沒跟亞伯拉罕完全坦承，那間一定要學會游泳才能夠畢業的學校不是如我所說「命運的安排」，而是後來我自己轉學過去的。那個時候，我非得離開台中不可。離我媽愈遠愈好。

爸爸，還有爸爸的媽媽，那些她恨的人都已經離開了，死了，以各種形式不在了，為什麼她還不放過自己？

我當然愛她，和其它母子差不多的感情。但也正是那份感情讓我們注定不能長久待在一起。懂的人就懂。不懂的人不是遲鈍就是生命中存在其它得以分心的事。所以我必須試著創造這樣的存在——或者說，至少類似也好。

「我對台灣的地理不是很熟。」

「你就是那種會把彰化雲林嘉義順序搞錯的人。」

「你說的那三個地方我都沒去過。」他盡責地繞回原本的話題。「那這次……你後來怎麼辦？你媽又搬出八字那套嗎？」

我後悔提起她。怕讓他誤以為和她建立起更深的關係就可以和自己創造更遠的連結。

我可以掏心掏肺，但不能掏出骨和血。

H

話題離開家庭，轉而專注於自身的經歷。如果他想聽的話。

已經到了飯店，可是沒有人走進屋簷。我們站在乾淨明亮的自動販賣機旁，夜空是清澈的黑。

亞伯拉罕想繼續聽。所以我說。從小學把所有從地上撿來的橡皮擦用美工刀切成一顆顆子彈，到國中同社團的學妹告白遭拒於是到處說我喜歡的是男生，還有升高中那年暑假某個悶濕夜晚在公園埋葬一隻貓——最後，我和亞伯拉罕聊起高三那場初次踏進台北這地方的畢業旅行。

我恨死大學以前的生活。

那種在許許多多方面必須和大多數人合作共存的生活。

「其實啊——我也討厭死了。」他有著一條縱直刻痕的厚嘴唇貼住我的耳垂。

高一例行性的后里馬場參訪活動，在前一年因為學長摔下馬半身不遂而遭到教育部介入強制取消。從此我沒有其它機會騎馬。但這會兒蔓延至下顎一帶的感覺像極兩瓣燒紅的馬蹄鐵。

人影閃動，接近。來買咖啡的。我們稍稍往旁邊移動幾步。追過來的清脆硬幣撞擊聲讓人聯想到英國作家毛姆的《月亮與六便士》。當中有段話是這麼說的：我那時還不了解人性有多麼矛盾，我不知道真摯中含有多少做作，高尚中蘊藏著多少卑鄙，或者，即使在邪惡裡也找得到美德。一個男人拋妻棄子的故事。

我們就這樣一直聊一直聊。聊到天亮。

我的人生很短，早就玩完了。接下來的是他的部分。

I

Abraham Lincoln。亞伯拉罕・林肯。

關於他的「亞伯拉罕」這個綽號的由來，後來才知道是因為在國外念中學的時候，某回萬聖節派對——剛好是一九九八年電影《刺殺大行動》（*The Day Lincoln Was Shot*）上映的那一年吧，他打扮成林肯的造型粉墨登場。頎長的身形和深邃的五官，特別是那隻英挺飽滿的鼻子，一踏進屋眾人霎時以為真有死而復生這樣的神蹟。從那之後十幾年過去，無論他使用哪一個社群網站，無名小站、MSN、Facebook、Instagram、Tinder……大頭照放的，統統都是那年的林肯肖像。

他向我描述的這段回憶，很符合他給人的感覺。乍看正經，實際上愈相處，愈覺得是個不按牌理出牌的人。

例如，當我們一起窩在沙發上吃鹹甜爆米花配韓劇時，明明還沒進入廣告，男女主角正在交心深情凝望之際，他會忽然間開啟話題：「你知道元曉大師嗎？」

「元曉大師？誰啊？」我想把他的頭塞進胸前又甜又鹹的爆米花碗裡。

他接著解釋，元曉大師是韓國歷史上十分著名的佛教大師。最廣為人知的軼聞，是他與義湘大師結伴前往唐朝求法途中，夜半突然感到口乾舌燥，於是起身飲水。殊不知第二天醒來，才發現自己昨晚摸黑喝到的味道甘甜的水，竟然是用骸骨盛裝。

「因為這樣，他頓悟了一個道理——『心生故種種法生，心滅則龕墳不二』。」

我聽不懂。他一字一字耐心在廣告單背後寫下。要我看。

「心生故種種法生，心滅則龕墳不二……」

見我咕噥，嘴一直沒闔上爆米花都要吃進背心領口裡去，他進一步說明道：「這句話簡單來說，就是——宇宙萬物取決於心。」

也有這樣的情形，當我提及在自動販賣機旁和他關係有了明確進展的那個沖繩之夜，悠悠想起從前讀的小說《月亮與六便士》裡的某個段落，他會冷不防拋出問題，問我有沒有聽過moonshine這種飲料？

有moon，也有飲料，寬鬆來說不算離題。

「moonshine，也有人把這種飲料叫作『月光酒』，其實指的就是私釀酒。因為得在夜晚偷偷進行蒸餾。」

又好比，當我們在廚房一起嘗試第一百零一次製作舒芙蕾鬆餅，他會邊攪拌麵糊邊冒出一句：carpe diem。

這是巴洛克時期人們常用的口頭禪，一句拉丁諺語，意思是「把握今天」。

「另外一句也很流行的拉丁諺語，是memento mori。不要忘記你終將死亡。」

「巴洛克時期的人好像比我想像的還悲觀。」

他聽了噗哧一笑。我知道他向來喜歡我的回應。不過我認真思考很久很久仍然不知道為什麼。

還有還有，在如今Wabi-Sabi盛行於歐美的好幾年前，我就已經從亞伯拉罕口中聽過這個概念。

Wabi-Sabi是日文的羅馬拼音，意思為「侘寂」。

最常見的解釋是：不完美的、無常的、不完整的。一般認為其起源來自於佛教的三法印。

簡單來說，侘寂，追求的是樸實自然，一種舉重若輕的不介入的介入。

禪房、茶室、枯山水。

「諸如此類。」他舉例道。

如今「侘寂」無孔不入，建築、時尚、飲食、文化……某種程度來說，亞伯拉罕確實是個有遠見的人。先知。比起亞伯拉罕，我更常在心底這樣喚他。

不曉得他是不是預見了自己的死亡？

9

快十二點，阿成還沒回來。

手機震動。他傳訊息說臨時有朋友約唱歌。

唱歌啊……這樣不到凌晨兩三點恐怕回不了家。

又要一個人睡。

覺得有點餓，把書往沙發一放，打算進廚房煮碗泡麵。

一包量太少，兩包又太飽，要是莉娜袞莉在就好了。

阿成有約的夜晚，我常常臨時call她過來。雖然這麼說對她很不好意思，但她確實是個隨傳隨到、機動性相當高的朋友。好朋友。

不喜歡太多湯，水放三分滿，最後決定煮一包麵就好。記得餐桌上籃子裡還剩一塊鳳凰酥。

水在爐子上燒著。

亞里斯多德曾說：「比喻是天才的象徵。」

直到今天下午，影片裡的莉娜裘莉說出「繭」這個字的瞬間，我才恍然大悟，真的有香檳燉飯那樣「砰」響亮一聲的暢快感。

終於明白在「繭」這個譬喻出現前那股不對勁的違和感從何而來：不夠精準。

卻沒有因此鬆了一口氣。彼時近晚大雨的情景突然變得無比清晰，細節全在眨眼間召喚回來，歷歷可見。

如果這兩起案件有關聯——

不就表示這是連續殺人案？

如果下午阿成沒有制止自己——如果在咖啡店和竹節蟲男子繼續討論下去，就可以問出這個問題了。

不過……有可能嗎？

鄭伊文的阿嬤在十年前失蹤，而陽明山綑屍案則是發生在四年前，先不說中間相隔了六年，一個在雲林古坑，一個在台北山區，實在很難想像相距遙遠的兩名被害者之間會有什麼關聯。

然而，假使真要探究起來，兩名被害者畢竟在世上活了幾十年，當中若是有些聯繫糾葛也不至於令人感到意外。台灣終究不大，在雲林出生的自己不也一路從台中、中壢輾轉到這裡來了嗎？

自己正是絕佳的反例。

想到這裡，不禁苦笑一下。

應該不可能吧……有這種可能嗎？像是否定自己的想法，我來回搖著頭，思忖：難道會是針對這兩名被害人的惡意，剛好不偏不倚地以相同的方式呈現。

接著，我玩味起那名臉色枯黃的男子的另一句話。

注意到的人也就更少了——

不，之所以無法讓眾人矚目，最大的關鍵還是在於：死的人是誰。

結構困境長照悲歌時有所聞。遲暮晚年的七、八旬老人，毫無生產力的同時，倘若又失智造成勞動人口的負擔拖垮一整家子，恐怕就不單單是社會食物鍊的最底層，還是麻痺壞死的末梢神經。

這也是為什麼那個整副身軀像是快被榨乾一樣的竹節蟲偵查員，在和我們交談時，神情總籠罩一層無奈的萎靡之感：他心知肚明，這樣的受害者，已經沒有辦法在這個時代引發太多共鳴。無論是疑惑、恐懼，甚或憤慨。

人們不是冷血，只是麻木了。

回過神來，水不知何時已經滾開，沸騰湧起的滾水差一點就要爬出鍋緣。

連忙嘶出無聲嘴型屈身關上瓦斯。膨脹的水體隨即凹陷下去，表面接連竄冒而起的氣泡嗶嗶剝剝不斷迸破，像是在大雨滂沱道路上踏出一圈圈碎裂水花的雜沓腳步。

J

有時候我會不甘示弱。

「在慢與記憶，快與遺忘之間有一個秘密聯繫。且說一個平常不過的情境：一個人在路上走。突然，他要回想什麼事，但就是記不起來。這時候他機械地放慢腳步。相反地，某人要想忘記他剛碰到的倒霉事，不知不覺會加速走路的步伐，彷彿要快快躲開在時間上還離他很近的東西。」

「你說的真好。」

「好的不是我。全部。是米蘭・昆德拉。《慢》。」

他不嫌棄我的幼稚。

「慢。」他低聲說。「慢。」

像是想記起什麼遙遠的人事物般，一遍又一遍地說。

我曾疑惑不看書鮮少追劇電影甚至只看好萊塢爽片的他怎麼知道這麼多事。

「朋友。」見我不信，他只好又說：「早年的生活。」

我覺得他在認識我之前的生活要豐富精彩許多。

10

一大清早，陽光便出乎意料強烈，毫不掩飾其侵略性。

踩過斑馬線，鑽進騎樓底下，溫差讓臂膀上的細毛直直豎立起來，腦海中閃過昨晚那一場夢。

不常作夢。

即使作了，夢見的不是生活裡雞毛蒜皮的小事，就是過往回憶的重播再現——特別是童年時光。

我一直期待有一天磁帶會磨損到無法放映。

也因為自己總是作些「現實」的夢，聽到其它人光怪陸離的夢境時，總忍不住懷疑：真的嗎？有可能嗎？

覺得他們是為了吸引別人注意才刻意編造出那些情節。

好比昨晚作的那場夢——

我夢到國小自然課的家庭作業，老師要每個人養蠶寶寶，寫觀察日誌記錄牠們的變化。

覺得很奇怪，觀察那些東西到底對我們有什麼幫助？

畢竟牠們和人類沒有絲毫共同之處。從牠們身上獲得的資訊，無法應用在我們自身身上。

這是當時的我的理解。

「要觀察到什麼時候？」全班成績總是第一名的女孩舉手發問。

有些人打從還是孩子的時候，就是注重「效率」的類型：知道什麼時候開始，知道什麼時候結束。不僅能有效控制成本、分配資源，更重要的是設想完成後的心理準備——那可以縮短反應時間，讓自己比其它人以更快的速度重整狀態重新起跑。

而我質疑的是更本質的問題：為什麼要開始？

「所以才要好好寫觀察日誌啊——到時候你們就知道了！」

長大才知道，有些事，他們知道不說；有些事他們知道，卻不知道怎麼說。

然後有些事，他們真的不知道。

後來我們都知道了——蠶寶寶整天不是吃就是睡，吃得肥嘟嘟以後，活下來的那些，會開始吐絲，把自己裹成一顆繭。

很奇怪，這時候，有些人嚷嚷好噁心。他們說亮白色的橢圓的繭好噁心。

真要比較起來，噁心的明明是全身軟趴趴被踩扁還會爆出一大片外星人綠色汁液的蠶寶寶不是嗎？當時未滿十歲的我這麼想著。

接著掀起一股棄養潮。不只是班上，風氣蔓延至整個年級——有些人直接把繭扔進垃圾筒眼不見為淨。有些人則興起惡作劇的念頭把繭放入營養午餐湯筒順便毀掉添加了香菜令人作嘔的菜頭排骨湯。

不知道為什麼，我向其它人要來那些繭——他們以為我可憐牠們，不忍心牠們被拋棄。
當初或許真的存在幾分那樣的心情也說不定？
也或許是因為這樣，我才會當選下學期的模範生。
然而長大後，仔細回想起來，發現自己只是：想親眼看看牠們的下場。
晝夜交替之際的狼狗時光，反鎖的門靜靜把自己和其它地方隔阻開來，眼前房間地板堆滿數百上千枚蠶繭——在一盞燈都沒開的陰暗空間裡從窗簾後方偷來微光，宛如一顆顆在泥沼中載浮載沉的碩大飽滿的灰白色珍珠。
忽然，寂靜中傳來聲響。極其細緻的皸裂聲。
放眼望去，繭的表面出現一絲裂痕。接力般一顆接著一顆。
這說不定是最柔軟的蛋。
我恍恍惚心想，但繭的皸裂持續，並不打算給自己太多時間反應。
一眨眼悉數破裂，眼看下一秒裡頭的東西就要鑽竄出來——
夢到這裡就醒了。
醒來，苦笑的同時，思索著方才意識由睡至醒切換瞬間，從心底閃過的那句話到底該用言情形容還是文青？
「夢到這裡就醒了……」不怕把現實和夢境不小心聯接起來，用手掌按住眼睛，我小聲重複。手按得更緊了，擔心笑出來。也害怕被身邊呼吸沉重的阿成聽見。我不知道他什麼時候回到家。也不打算問他點了哪些歌手的歌。

因著莉娜裘莉的精準形容而喚醒的久遠記憶——

的確……比起木乃伊抑或蜘蛛吐絲，「繭」的形象顯然更加貼切我們在雨夜中共同目睹的「那樣東西」。

儘管差異細微，進一步分析比較，那些膠帶綑綁的方式並不像木乃伊如此整齊劃一，也不是蜘蛛那種充滿侵略性、雜亂無章往獵物噴吐的飛絲——而是緻密、冷靜並且節制，準確拿捏力道、自成一種秩序的纏繞。

至於後來那些和同學們要來的繭真正的結局呢？

有些死了，有些活著。至於之後又活了多久，打從一開始，就不是我們關切的事（觀察日誌裡本來就沒有多餘的欄位可供記錄）。

有人冷不防唱起歌。以為是阿成。嚇一跳猛然打直的小腿差點抽筋，放空好一會兒才意識到原來是手機響了。昨晚睡前心血來潮換了鈴聲，來不及習慣。

陌生的城市啊　熟悉的角落裡

也曾彼此安慰　也曾相擁嘆息　不管將會面對什麼樣的結局

不是原版的金智娟，而是從選秀節目出道的歌手劉明湘所翻唱的〈飄洋過海來看你〉。

瞥一眼螢幕上的來電顯示，接起電話。阿成的呼吸聲停了。

說了這麼長總算說到了——這就是我和莉娜裘莉今早相約的來龍去脈。

還在反芻那場夢，以及阿成有著淺淺肌肉線條的裸背，便在騎樓轉角鐘錶行的鐵捲門前瞄見熟悉身影。

「我下次是不是應該不要再把名片帶在身上？」

還沒走近，一轉身瞧見我，莉娜裘莉旋即自我揶揄道。

她手上捏著一個還剩下一半宛如上弦月的貝果。從講話的聲音聽起來嘴裡還在咀嚼。

「下次？所以妳這次還是有帶囉？」我順著她的話調侃道。

我們兩人同時笑一下。忽然感到無比懷念。以為這是好久以前的事，認真回想起來，那個宜嫁娶祭祀忌開光動土的日子，在車上你來我往的鬥嘴和歡笑，居然還只是不到一個禮拜前發生的事。

「昨天下午……阿成他學長說的意思……那兩件命案……」吃完最後一口貝果，摩擦指尖的同時，她逕自開啟話題。踟躕片刻，又接著往下說道：「那兩件命案、有可能……有可能是同一個兇手嗎？」

果然。

很多時候，莉娜裘莉並不是沒想到，只是反應沒那麼迅速。只要給她足夠的時間，她往往還是可以理清思緒想出個明白來。在這方面，她倒是有份堅毅不撓的耐心。

「不清楚，我又不是警察——」我聳一下肩膀，咕噥道：「不過……有可能嗎？」

「你是說殺兩個人？」

「我是說間隔這麼久。」我說出自己的困惑。一個在十年前，另一個則在四年前。「中間隔了六年……不對，雖然伊文她阿嬤是在十年後的現在才被發現，不過死亡時間不見得和失蹤時間離得這麼近。」

即使嘴上這麼說，但這是為了討論的周延性。事實上，我推測死亡和失蹤的時間點應該相去不遠。如果不是為了贖金或者其它可能的利益，沒有人會把一個老人帶在身邊的。

「而且案發地點還距離那麼遠……實在很難想像這兩個人會有什麼關係……」莉娜裘莉跟著推理。她果然也考慮過我先前想到的疑點。某種程度來說，我們都先入為主地被「地緣關係」給「綁架」了。

國外的實際情況如何我不清楚，可是在台灣，至少我們這一代，不少人屬於「迴力鏢」——身邊許多朋友早年到外地求學、畢業工作一段時間以後，如果不是某些領域較為專精、特殊的行業（例如竹科才有較多讓就讀航運管理系的學生一展長才的機會），往往會不約而同選擇回到故鄉定居。

愈是明白「國際化」的真正意義，愈是不會被所謂的「走出去」的口號束縛制約。

話說回來，眼下不就兩個活生生的例外嗎？（我總是一而再再而三舉例想要證明些什麼）

我和莉娜裘莉，這幾年就是一路從雲林、台中一路往北來到這裡。彷彿游牧民族，我們不斷遷徙，直到遇見某個人才穩定下來。如果不是阿成，我不一定會一直留在台北，而是哪天醒來就會越過中央山脈突然跑到花東也不一定。

「這種事，警察一調查就知道吧？這已經超出我們的能力範圍。」我收回思緒答道。

一調查就知道。

說得輕鬆，事實上需要耗費的精力一般老百姓難以想像。

然而不置可否，這確實是能夠輕易結束話題的方式。

才想著不曉得莉娜裘莉會不會拋出新的話題，一拐進巷子，只見不遠處，那名男子站在兩層樓住家門口前等著我們。

男子身穿和昨天相同款式的襯衫，袖子同樣一圈圈反摺至手肘——只是顏色換成了讓人聯想到西方古代信箋封蠟的沉穩赭紅，和他所散發出來的銀髮樂活教室負責人的氣質十分相襯。

再走近一些，便能瞄見躲在男子身後的女大學生。記得她的名字好像是黃婷貞？因為是菜市場名，幾乎是被強迫記住（截至目前為止的學生生涯認識五、六個婷貞，儘管當中有些是同音不同字）。

「吳大哥！」

莉娜裘莉稍稍加快腳步，踩著小碎步過去，率先打了招呼。

落在後頭的我於是禮貌性點了個頭示意。

「不好意思，麻煩你們跑這一趟……現在連七點都不到……」男子說著看一下手錶，而後抬眼看回我們。「你們還沒吃早餐吧？我有幫你們準備三明——」

「我昨天晚上接到電話嚇了一跳！」莉娜裘莉打斷他的話。

「真的很不好意思……對方很堅持……這麼晚還打電話實在很失……」

「沒關係，我沒那麼早睡。」她擺了擺手說道。

「吳大哥昨晚就打給妳了？那妳怎麼早上才打給我？」我往她的肩膀輕輕戳一下。

也不管這裡是不是住宅區——還是會不會一大早擾人清夢，她扭過頭衝著身後的我嚷嚷道：「要是我昨天晚上立刻打，你大概整晚都不用睡了。你看我多貼心！」

無法反駁。她說的沒錯。

如果我昨晚就知道「這件事」，肯定會失眠一整晚。

但也就不會作那個地板上堆滿蠶繭的夢了。

又或者，更精確的說法應該是：肯定會連吃安眠藥的心情都沒有。

阿成不在身邊的夜晚，我有吃安眠藥的習慣。不過說起來，這習慣到底是什麼時候養成的呢？吃藥吃到記不得了。

「啊！」女大學生小小聲驚呼一聲，音量不算大，但這時間點，周遭實在太安靜。

我們順著女大學生的目光看過去。

「可能來不及吃了……」後腦杓傳來吳大哥的嘀咕，拎在手上的三明治發出嚓嚓塑膠袋摩擦聲響。

就在方才和莉娜裘莉一同拐進的巷口，出現兩位身穿制服的警員。他們一前一後往這邊走來，走在前方的青年皮膚白皙、充滿學生氣息；至於後方拖著腳步約莫四、五十歲臉頰坑坑洞洞的中年男子，則明顯是被派來帶新人的老油條。

「那個——」

「誰把人送回去的？」毫不客氣打斷年輕警員，站在後頭的中年警員扯開嗓子。

吳大哥往身後一看，失去遮蔽的女大學生怯生生舉手，細聲咕噥：「是、是我……」像犯了錯準備挨罵的小學生。

「妳——有確實把蔡老先生送到家吧？」中年警員擠弄一雙大小眼，摳著臉頰上的坑洞粗聲說道。

「有……當、當然有——」

吳大哥輕輕搭住女大學生的手臂，試圖穩定她的情緒。

「你是這裡的負責人吧？這兩個是哪位？」中年警員扁著嘴瞥吳大哥一眼，很快轉移目標，一臉嫌棄望向我和莉娜裘莉。

「學長，這兩位就是我昨晚提到的——」

中年警員「嘖」一聲，定定瞪年輕警員一眼，眼神似乎是在說：少在那邊礙手礙腳，我當然知道他們是誰！

年輕警員被「嘖」一下後頓時噤聲。

「聽說警方好像有事情想問我們，所以我們一起床連早餐都沒吃就立刻趕過來了。」在年輕警員身上看到某些和自己同世代人相似的影子，我替他緩頰道——語氣自然帶酸。

交一個警察男友的好處是：面對警察時，不會像一般人一樣神經緊繃。

要不是我們在場，黃婷貞大概會渾身打顫吧？搞不好還會暈厥過去。

畢竟對小老百姓而言，和警察打交道並不是常態。

嗯，也最好不是常態。

「喔，辛苦了。」中年警員敷衍道，避重就輕、吃軟不吃硬。果然是老江湖。「聽那位小姐說……」他朝黃婷貞努一下下顎後繼續說道：「說蔡老先生昨天下午也走丟過？」

莉娜裘莉點了點頭。

見中年警員突然不說話了，年輕警員接棒，他舔了舔薄唇。「請問，是你們把蔡老先生送回來的？」

「嗯，往南機場夜市那方向，大概是中華南海路口公車站牌附近。我們就是在那邊看到蔡老先生的。」

「妳怎麼知道蔡老先生……的情況……他有向妳求助？你們認識？」年輕警員專心向莉娜裘莉提問，完全把我晾在一旁。

「不認識……我不認識他。不過，我是社工師，這種情況不難判斷。更何況，他胸前有配戴名牌。是吳大哥幫他做的。」她比了比胸口，看向吳大哥。

「剛好，我也想問問，那個名牌是怎麼一回事？」中年警員驚醒似的冷不防出聲。

「在這裡！來了──他們人來了啦！就跟你說不要拖拖拉拉的！」

遠方傳來嘈雜聲響。往聲源追索過去，不顧形象大聲叫嚷的，是一個看起來五十出頭的中年婦女。手臂肩背充氣一樣鼓脹起來，讓她的身形顯得格外厚實，像是在皮膚底下塞了好幾張墊子。

被婦人猛力揮手招來的，是一個臉色蒼白恍若幽靈的男子。男子年紀和婦人相仿，但眼睛混濁，眼神像是嗑了藥飄飄忽忽的。他嘴唇蠕動，似乎在咕噥些什麼，畏畏縮縮步伐極為零碎，最後索性賴在原地不往前走了。

像是對待耍賴的孩子，婦人一巴掌往他胳膊打，聲音響亮到連這邊都聽得一清二楚。在那肉掌揮擊下，男子身子劇烈晃動，一把骨頭看起來快散了。到頭來，彈簧般的男子被婦人拽住，不得不踉踉蹌蹌跟過來。

「就是你們吧？昨天把我爸帶走的──」婦人衝著我和莉娜裘莉咆哮道。

她應該是用刪除法。刪去認識的吳大哥和在這裡當志工的黃婷貞。

愈是荒謬的場面，我愈是容易分心，理性分析人們行為背後的邏輯運作。

「啊、蔡太太，他們是社工師。」年輕警員情急之下搬出權宜說法。

但我念的確實也是人文社會學科。

「社、工、師？」婦人一字一字咬牙重複，同時用一雙鬥雞眼死盯著莉娜裘莉不放。比起「社工師」，擅長打扮的莉娜裘莉或許比較像是「外拍模特兒」。而她的確也曾兼職，甚至還小有名氣到被盜過幾次圖。

「拜託！做壞事也太半吊子，要盜圖好歹把刺青修掉吧？」抓包時莉娜裘莉如此笑道。

她在手臂內側刺了一隻蝴蝶，某幾個拍攝角度會現露出來。

「社工師又怎樣？太好笑了吧……難道社工師就不會是壞人嗎？現代人哪有這麼好心？還把我爸送回來？一定、一定是妳跟他說了什麼對吧？我爸就是喜歡像妳這種年輕小美眉！妳到底跟我爸說了什麼？妳最好給我老實講喔！到底把我爸藏到哪裡去了？」

婦人說到後來近乎失控，示範了現代人之一種。

我想叫莉娜裘莉告她誹謗罪。

然而，這不是當務之急。

我問道：「你們什麼時候發現蔡老先生又不見了？」

「昨天報案時間是晚上十一點五十二分——將近要半夜了。」充滿乖學生氣質的年輕警員翻閱筆記本說道。

「照理說人通常要不見滿一天才能夠報案啦……」中年警員嘀咕著瞥向婦人——接下來的話不言而喻。肯定是婦人鬧到警局，瞎折騰好一陣，才會讓我們一群人今天一大清早在這裡「集合」。

「欸！你這人也太奇怪了吧？怎麼這麼說話？我爸都快八十了耶！小心我投訴你！」婦人抗議道。中年警員仍然一副天不怕地不怕的模樣，小指摳抓著耳朵。

「快十二點才發現啊……」莉娜裘莉自顧自低語道。

「妳現在這話又是什麼意思！妳是想說我這個媳婦不盡責嗎？妳還沒結婚吧？妳、妳懂什麼？」像是被戳到痛處，婦人又一次變得歇斯底里。她丈夫試著安撫，手卻被狠狠拍開，婦人目光惡狠狠掃過去。「你少煩我！一天到晚不在家！要不是我，你會發現爸不見嗎？有沒有搞錯……他到底是誰的爸爸啊？」

「好了，總之我們現在人都在這裡，也把話說開了。這兩位是出於好心把下午迷路的蔡老先生送回到吳大哥這邊。至於半夜蔡老先生在你們家不見，是另一件事……到這裡沒問題吧？沒問題？很好，如果今天十一點……晚上十一點、剛說幾分？五十二分？如果那時候蔡老先生還沒回家，我們會再處理。」大概是對這場鬧劇感到厭煩——「當警察還嫌鬧劇看得不夠多嗎？」中年警員帶著這樣的表情按捺住情緒說道。經驗豐富的他總結起來有條不紊，和外表給人的邋遢感截然不同。

「到時候請攜帶兩張蔡老先生的照片，盡量是最近拍的。還有戶口名簿。」

機不可失，年輕警員連忙用說明式的口吻接續「大」學長的話說道。語畢兩人轉身匆匆退場。

沒有死纏著他們不放——一股腦宣洩殆盡以後，婦人像是被刺破的氣球，頓時消瘦一圈精神萎靡下來。

在她漫長的家庭生活之中，不曉得為了找到時機說出方才這番話，找了多久時間。

婦人和她的丈夫也跟著走了，住宅區又恢復原有的寧靜。

「對、對不起！」分岔的聲音幾乎是從她嘴裡失控衝出。黃婷貞脫口說道，彎下腰向我們鞠躬，一張臉脹得通紅，眼睛緊盯著柏油路面，斷斷續續咕噥道：「他們昨天找警察來問……我一緊張，就把蔡爺爺下午自己跑出去的事給說了出來……然後他們、蔡爺爺的媳婦和兒子，就一口咬定你們一定有問題……一開始我是想……不知道、不知道能不能幫上忙、早點把蔡爺爺找回來……沒想到會給你們造成這麼大的困擾……真的非常對不起……」

「沒關係，不用在意，妳這麼做是對的。妳這麼做是是對的。」莉娜裘莉又說一次，語氣決然，注視著她繼續說道：「提供任何可能相關的線索……不管乍看之下有多麼微不足道也無所謂，因為都有機會協助警方和家屬早一步找到蔡爺爺。這才是最重要的。」

聽了莉娜裘莉的話，黃婷貞結結實實鬆一口氣，雙肩垮垂，放鬆的五官浮現出泫然欲泣的表情。此時此刻，面前的莉娜裘莉對她來說，不僅僅是同科系的學姐、或者專業領域裡的前輩，而是楷模。可以獨當一面的社工師。

「你們餓了吧？進來吃三明治。」

「好啊！我最喜歡吃三明治了！」莉娜裘莉對著吳大哥咧出大大的笑容爽朗喊道。明明來之前才塞了一個貝果。宛如手帕交，她挽著還沒回過神來的黃婷貞的手往裡頭走去，好像她才是員工、一副熟門熟路的樣子。

將裝有三明治的塑膠袋交到黃婷貞手上，吳大哥沒有立刻跟進去。也許是留意到我沒有邁出腳步，他撇過頭，若有似無挑起眉尾，神情彷彿在問：你有話想說？

「挺難得的。」我發出聲音。明明今天還沒說上什麼話，喉嚨卻乾乾澀澀的。

「難得？」

「一般人大概恨不得自己家裡的老人永遠走丟算了。啊……雖然我說『一般人』，但其實也只是自己的揣測而已，說不定事實上並不是如此。」說到後面我倒是莫名有幾分諷刺的意味。

「我明白你的意思。」吳大哥瞇起眼睛，吐出綿長的氣息。不是社會化的附和。他真的懂，他抿出淡淡的苦笑。「並不是不孝，只是有時候、真的……有很深很深的無力感。父母給了我們生命，生命帶給我們無限多種的可能，而我們往往必須對『那些可能』負責……事業、家庭、甚至朋友……以至於我們有時候——好吧，應該說很多時候，真的沒辦法給予他們當時對我們付出的同等心力。」

「不要說同等了，有一半就不錯了。」

吳大哥笑聲短促，透著一絲寂寥。我這才發現他今天沒戴眼鏡——可能是老花眼鏡吧，現在四、五十歲得老花的好像比以前多上不少。

接在我的調侃後面，他延續自己方才的語境說道：「我覺得……當然，當然可能是一廂情願……不過我覺得，在他們潛意識裡頭，一定也知道這一點，甚至為此從很久很久以前就開始在心底默默準備——準備那一刻，我們拋棄他們那一刻的到來。就如同他們以前看待自己父母的目光。」

我靜靜注視著說出這段話的他。

「我這種說法……很殘酷吧？」他揚起頭看著眼前的建築物，像是在和自己說話般低聲呢喃：「帶著這樣的想法開設這個地方——是不是很虛偽呢？」

殘酷的循環。

「不虛偽啊……我認為，這很正常。」

撫養兒女拋棄父母後，終有一天也會被變成父母的兒女所拋棄——不啻為一種維持人倫關係平衡的家族食物鏈。

「正常？」對我的回應感到訝異，他稍稍睜大眼睛。這大概是他自己怎麼想都想不到的評價。

「做的事愈好，往往也會把黑暗面看得更透徹。」我不知道自己為什麼會這麼說。其實是想勉勵他，卻還是不得不提起相反的一面。他做的事確實是好事，可是最好的事常常是一體兩面的事。「就是因為有那些陰影，你才想為那群人撐傘吧？」

不知道什麼時候會下起雨。

「雨」總是和「毀滅」的意象聯結。

我對自己的說法感到虛偽。雖然是打從心底這樣深信著的。

「和警察一樣，捍衛正義的同時，也離邪惡最近。」他望向巷口，那兩道制服背影早已經從視線中消失。

是啊，畢竟「正義」是那麼好的事。

「三明治不知道還有沒有剩？別看她那樣，瘦瘦的，超會吃！上次日本大胃女王來台灣辦徵選會，要不是她工作抽不開身，就是台灣代表了！」我說著言不及義的垃圾話，回過頭時發現吳大哥依舊專注看著我。

「你好像……對這方面有很多體會？」看得出他在心中踟躕好一陣才吐露這個想法。

「我爸媽離婚……大概在十三年前吧，那一年剛好國中畢業……我早讀一年……他們離婚——就是因為我阿嬤。她失智以後，很難照顧……真的很難照顧，再加上脾氣變得不是很好，常常衝著人破口大罵。罵得很難聽。非常非常難聽。」

我想起那個瘋起來宛如被狂風掃動的枯樹的老女人。

但有時候，她又會像石雕一樣動也不動。

那是全家人最幸福的時刻。

K

那是清晨，將牛奶倒進喜瑞兒穀片時，我想起上回有關元曉大師飲骸骨之水的故事。

亞伯拉罕坐在中島的另一側，正翹著二郎腿看報紙。沒錯，那時候還有人在看報紙。

「欸，你知道織田信長吧？」

「當然。」他從報紙裡抬起眼來，挑著眉，臉上寫著「這是常識吧」。

我必須確認一下。畢竟他不知道丘逢甲是誰。

織田信長曾把淺井長政父子的頭骨貼上金箔製成奢華的骷髏杯。

「嘎巴拉碗。」

「什麼碗？」我提高音調。原本想責怪他為什麼要發出奇怪的聲音。

這個叫什麼巴拉的碗最好跟織田信長有關係。

「嘎巴拉碗。」他放下報紙，鬆開交疊的雙腿。「是用頭蓋骨製成的一種碗。藏傳佛教的法器之一，根據規定，必須用得道高僧的頭蓋骨才行。」雙肘靠上中島，剪裁合度的襯衫讓他腰間的贅肉微微擠出來。「不過，我認為最早的骷髏杯概念應該來自歐洲。當時大多是以戰敗者的頭蓋骨當作原料。」

「骨頭來骨頭去，聽得我都餓了。」我往嘴裡送一湯匙，喀滋喀滋咀嚼起來。

「也對。很多人會吸骨髓。鴨骨豬骨牛骨羊骨。」

「對啊，這樣一咬，小吸管一插，咻咻咻的，超過癮。」隨手將碗往檯子上一放湯匙一扔，我擰開下半張臉做出咬斷骨頭插入吸管猛吸的動作。他看得笑了。我覺得應該要趕緊再說些什麼才對，所以我說：「你知道嗎？牙齒是人體唯一沒有被肌肉包覆的骨頭喔。」

喔什麼喔。

「你知道嗎……」他傾身，手臂延伸出來，傳遞摩斯密碼那樣用指尖往我的額頭摩擦幾下。「牙齒其實不是骨頭。」

他接著向我解釋了為什麼牙齒不是骨頭的原因。

那是我第一次感覺到知識原來是會摧毀世界的。

11

和阿成一樣，我說：「今天要跟朋友去唱歌。」

我說謊。也和他一樣。

「我們這樣好像偷情喔！」我瞄向身旁的店長，他抓著方向盤的手臂勒出筆直深刻的肌肉線條。面對我的調侃，店長不僅沒有應聲，甚至連笑而不答也沒有，讓這句玩笑話霎時變得逼真起來。因為喜歡高美濕地，每次我南下台中，他都會讓我「搭便車」。

我當然知道這種說法存在邏輯上的謬誤——明明是自己有事得到台中一趟，他才會「特地」開車。雖然他也真的很喜歡高美溼地就是了。記得沒錯的話，他前一台筆電桌布放的就是高美溼地的夕陽相片。巨大的風力發電設備在橘橙色暮光籠罩之下，搭著海天一線的平坦背景，呈現出一種難以言喻的超現實風格。

但我接受了他的好意。還特意選在咖啡店公休這一天。

畢竟有些連阿成、甚或連莉娜裘莉都沒提過的事情，我都和他說了……都怪店裡生意不夠好，只好把各自的過往統統掏出來當作籌碼交換。

還有他。

吳大哥的臉孔驀地浮上腦海。或許是氣質和店長相似的緣故，前幾天見面時竟然提起許久不曾提及的家中往事。

一點點。

有一點點後悔。

總是扮演心理醫生一角傾聽別人心事的自己，不習慣在他人面前袒露太多情感。不是不甘心示弱，而是因為如今大多數人並沒有充分耐心把一個故事聽完。在這種侷促逼仄的情境下，會感覺自己的心情顯得廉價且瑣碎。

「我在周刊裡看過類似的報導……說是那些急著找回家中長輩的人，有些並不是真正為他們擔心，而是想確認──」

大概是推敲出我的心情，店長悠悠談起那天我和莉娜裘莉被叫去銀髮樂活教室的事。

「確認？確認什麼？」我追問。

「確認他們的死亡。」

保險金啊。

不斷創新的保險組合餐──對應著層出不窮的幽微機巧心。

「真是有夠極端！」我拔尖聲音說。瞥向窗外，遠方天際灰黑。

「極端？極端什麼？」店長難得俏皮，捏著嗓子模仿我追問道。

可能是不大習慣這種模式的自己，話一脫口，他便搔搔太陽穴，一臉難為情的表情。

「之前不是報導過嗎？關於各種年金制度的討論。」許多人為此走上街頭，遊行、抗議什麼的……無論他們的初衷究竟純不純粹——總而言之，每個人都竭盡全力為自己的利益發聲。「很多人即使父母生病住院、插管沒有意識了，也覺得無所謂，反正對他們來說，能繼續領退休金才是最重要的。」

「不管在極端的哪一端……都很可悲。」店長咕噥著。

好死和賴活。殊途同歸。

「不知道下午會不會下雨？」

他記得我討厭雨。

如果未來我也成為了文字工作者，也許會和那位熊編劇一樣，雨伏晴出。

從照後鏡看見橫躺在後座皮革椅墊上的傘。通體水藍顏色清涼的傘。好幾年前辦在松菸文創園區哆啦A夢特展的紀念品。當時我們還不認識彼此。

連買紀念品都講求實用性，該說是無趣還是實際呢？

想著想著，忍不住勾起嘴角。

叮咚！

不曉得按到什麼鍵，LINE的訊息通知音效異常響亮，聲音迸出那瞬間，我們兩人同時聳一下肩膀。要是被對向來車看到這幕畫面肯定覺得滑稽。

「阿成？」我訊息還沒送出，他便問道。

「嗯，他問我今天會不會回家吃晚餐。應該會吧？」我瞄向他，戴著墨鏡的他看不見眼神。陽光愈來愈毒，年紀大了，眼睛要小心點。如果問了，我知道他會這樣回答。時常把年紀掛在嘴邊，讓他益發不像是異男。

「應該可以。」他側過頸子看一眼手錶。明明這是一件跟時間無關的事。

「可……以。」我一面嘀咕，一面按下送出鍵。

「你早上出門的時候，阿成還沒醒？」

「是他出門的時候，我還沒醒。」

「賴床？挺難得的。」他打了方向燈，準備切換車道。

不是「夏天賴床」這件事難得，而是我一向是屬於淺眠的類型，只要身旁有風吹草動便容易醒來——更別提我和阿成睡在同一張雙人床上。但我沒跟阿成提過這件事，因為他要是知道了，肯定會貼心到買另一張床。我不想和他分開睡。

不想當著阿成的面說謊，所以我故意錯過今天的落地窗早餐，在副駕駛座上再次醒來後才打電話給他：「今天要和朋友去唱歌。」手機無人接聽，轉入語音信箱。

「你……是阿成的初戀？」

店長問起我和阿成的事，讓人大感意外。

或許他一直很好奇，只是不想被我認為是個八卦的人也說不定。

不過是什麼讓他做出今天這個改變呢？

有時候我覺得，在來回台北台中這趟旅程中，我們好像變成和平常不大一樣的人。在這段時空裡，我們好像可以做任何嘗試。反正一離開這輛車，一切又會步入日常正軌。

「我和莉娜裘莉都是他的初戀。」

他帶著氣音急促笑一聲。透過半透明的深紫色鏡片，能隱隱約約看見他和自己同樣彎起眼角。知道自己還有幽默的能力，著實安心不少。

「我沒有搶人家男友喔！」我澄清。

不過說真的，我並不清楚他們分手的真正理由。是不愛了嗎？還是阿成在和莉娜裘莉發生關係之際才驚覺自己的生理無法跟上？

「所以是……他突然發現自己喜歡的其實是男生？」

用「男生」，而不是「男人」來指稱，加一分。

「發現」這個動詞用得很妙。很精準。

不是「改變」，而是「發現」。

有些人會說是「性向改變」，可是我從來不那麼認為——當然也不認為人人生來就是雙性戀。一定有一方，是自己能傾盡全力所愛的（這裡自然是超乎生理層面的討論）。

「對，可以這麼說……認識我，也同時讓他認識了自己。」

「聽起來跟新興宗教還蠻類似的。」

我笑了一下。

和阿成正式交往第一天，我帶他去信義區著名的gay bar。

儘管自己並不喜歡那種地方——空氣品質不佳、音樂人聲震得腦袋發脹，然而不知道為什麼，就是覺得應該讓他親眼看一看。至於具體來說看些什麼，我至今仍然想不明白。

可能是因為自己出櫃的那一天，朋友也帶我到過這裡吧？

苦惱許久，我只能勉強擠出這個腔腸動物般的答案。

很久以後，某回做完愛一起洗澡，阿成低聲說了一句那晚自己有種破繭而出的感覺。彼時我心臟還在砰砰砰砰劇烈跳動完全無法思考，反射性問他那晚是哪晚？他說就是我跳舞跳到腳扭到那晚。我想起來，真糗，明明只剩下最後一句歌詞。

微笑是一種逃避來自我

如果從心理學的角度分析，我想阿成和自己一樣，成長歷程缺少一個可以學習的男性模範。更進一步說：父親的形象。

根據莉娜裘莉的說法，阿成的父母親在他妹妹失蹤不久後便離婚。他跟著媽媽——這一點，我們還是一樣。

表面上看起來，阿成跟自己截然不同的地方是：他爸爸不要他。

媽當初通過所有法律手段極力爭取，與其說是要我，不如說是不希望爸（精確來說還有阿嬤）稱心如意。單就那時候的記憶而言，無論媽的初衷為何，我確實是感到慶幸的。

因為我也受不了無理取鬧的阿嬤。

直到後來才想通，自己並不是想跟著媽，只是在那個時間點，必須跟著某個誰——誰都無所謂……只是必須成長到可以靠自己的力量保護自己：因為心底深處，認為總有一天會被她拋棄。

回想起和吳大哥談到的「殘酷的循環」。認為不能夠責備當初那個沒有安全感的小小的自己缺乏同情心、倫理觀念淡薄。畢竟身處在對極的兩端，即使把任何一個老人的生命對折再對折，也還是比不過孩子稚嫩。

從發出殘酷開始，到接受殘酷結束。也可以是對「殘酷的循環」這句話的「再詮釋」吧。

車身陡然大幅度歪斜，開下交流道。抵達台中了。

兩天前，蔡老先生確定失蹤。到現在依然行蹤成謎。

也許是因為這個緣故，我才會想到這裡，覺得是時候回來看一看。

距離上次回來，已經經過約莫半年。

這麼說起來，店長也和高美溼地闊別半年之久。

「快到了。」

他的聲音低沉。

話音消失剎那，車內的寂靜讓人不禁困惑：為什麼每次南下都沒有聽廣播呢？

明明我們兩人都這麼熱愛音樂。

我這才聽見自己砰砰砰砰的心跳聲。

深深呼吸一口氣。

靠自己打造的幸福，垮得特別快。

坐在病床邊的黃色氣球握住他細脆的手，閉眼低聲喃喃念著我聽不懂的字句為他禱告。

聽說罹患癌症離世的人，被癌細胞侵蝕的緣故，骨頭經常是黑的。

我不敢搜尋網路查證。怕看到圖片。

我甚至不敢去見他最後一面。

再聽到他的消息，他已經徹底從這個世界消失。

我和他們那群人自然而然斷了聯繫。

直到一年後，聖誕節，我們唯一喜歡的節日，我預約了那間他曾經帶自己來過的義大利餐廳，點了八吋大的窯烤披薩。當時老闆招待每桌甜點，「confetti。」他說。是義大利的傳統喜糖。原來老闆的女兒最近結婚。「會有點甜喔。歐洲的甜點幾乎都挺甜的。這是裹了糖霜的杏仁糖。」

「為什麼給五顆？是單數。」

「這是他們的傳統習俗，有含意的。新人會送給來參加婚禮的賓客一人五顆 confetti，這五顆糖果分別代表美滿、幸福、健康、恆久，還有早生貴子。」

耳邊迴盪著亞伯拉罕的聲音，老了一歲的老闆在開放式廚房賣力擀著麵團。松露香氣濃厚，蕈菇翹起的尾端被烤得焦黑。一塊接著一塊吃著，想起高三畢業旅行在飯店宴會廳播放的《圓之旅》短片，想起，他沒說過愛我。我也沒說過愛他。

我們滔滔不絕。卻又什麼都沒說過。

我們住在同一個屋子——嚴格來說，是他的屋子。他發病住院後，沒幾天，我便打包搬離。屬於自己的東西出乎意料地少。隔了好一段時間才去探望他，在筆直走廊上碰到他的朋友，大多是事務所的同事，包括替我們安排沖繩double date而那時已成為黃色氣球前任的那個男人。那個男人身穿挺括講究西裝，和一年四季披掛大開叉健身背心的Tank是截然不同的兩類人。也是那會兒才發現，他們每個人都對我和亞伯拉罕的關係一無所悉。

我一直懷疑他預測了自己的死期。

按照他的個性，的確有可能開這種殘忍的玩笑。

原本BMI略微超標還有輕度脂肪肝的他，如今瘦到本來的二分之一。

躺在潔白床上對著我們擠出笑容的他變得好陌生。各種意義上的陌生。

離開病房，我沒有跟著他們進入電梯。

來到走廊另一端的盡頭，身後非常寧靜。我開始對著窗子說話，好像他飄浮在這片深褐色玻璃的另一側。

我聊起在金門服役時曾養過的一隻狗。正確來說，是連上的狗。那隻狗毛色金黃，取名布丁。只要有人出營區，布丁便會緊緊尾隨想跟著出去玩耍，簡直跟孩子沒兩樣。

在金門，有許多「空置營區」。所謂的空置營區，指的就是如今廢棄不再使用的軍事設施。有一回，被副連長派去酒廠推回空的高粱麻布袋——每年的火炮演習，都需要準備足夠的沙包用以緩衝砲台發射時所受到的後座力。一如往常，當我推著漆色剝落的推車沿著冗直長坡走著，身後傳來帶著些許黏膩的腳步聲。

是布丁。

他跟著我。

我沒有放慢速度。我知道無論如何他都一定能跟上自己。

忘記是哪一天，我走著走著，布丁跟著跟著，突然想像起他跟在其它人身後的情景。

我渾身劇烈顫抖。

那天晚上，負責餵布丁的鬥雞眼伙房到處找不著他。「布丁、布丁、布丁在哪裡？你有沒有看見布丁？」滿營區喊著，像個白癡。

「你有看到布丁嗎？」

身邊的同袍也不知是隨口一問，還是當真目睹稍早布丁跟著我出門——

「我沒注意。」我回答。

為了一隻狗，凌晨時分，尖銳集合哨劃破寂靜。連長把所有人從床上挖起來。

他要我們搜遍整個營區。

由於營區位於港邊，佔地遼闊，找起來可不是件簡單事。更何況又是深夜，一盞燈也沒有。值星官叫來經理士，要他拉幾個人去經理庫房把手電筒統統搬來。手電筒有了，接下來是電池。大家分工合作一一嘗試哪幾顆電池還有電。讓人聯想到踩地雷。

軍隊就是這樣，來一樣，做一樣。先求有，再求好。

手電筒有了，電池有了。大家分組撒往各處。

分配到最偏遠四砲砲堡的我們每個人都走得很近，手臂貼著手臂，一面用樹枝撥弄沿途草叢。怕鬼，也怕蛇。金門野外多蛇，特別是擁有劇毒的龜殼花。

有人忍不住打起呵欠。

有人抱怨明天一早就要出公差只剩幾小時可睡。

「一隻狗而已。今天不見，明天不就又出現了？」有人嚷嚷。引來此起彼落的共鳴。

「也不能怪連長緊張，畢竟那隻狗待在這裡的時間比我們任何一個人都還長。」

「包括那些自願役？」我不由得脫口一問。

「嗯啊。應該是。我聽ＰＯＡ說過。」

「欸……欸！不要再走過去了好不好？我覺得身體很不舒服。我們就在這裡等，他們其它組如果先找到的話，我們就不用找了。」

每次一開工，總有人身體不舒服。

為了配合他，我們原地蹲下。比較大膽的人點起菸。

「你很白目耶！小心被發現！」

被喝斥的那個傢伙轉過身去用身體擋住火光。「拜託，有什麼關係。連長要是真的這麼擔心的話就會自己去找了。」

眾人沉默。

隊伍散開前，連長喊來傳令，要他去福利站拿兩碗蔥燒牛肉口味的泡麵。

「可是、好奇怪，布丁到底跑去哪裡了？」

「搞不好是發情去找母狗燒幹。你沒看到他那兩顆這麼大丸。」他凹起手心比著撈住什麼東西的手勢。

「他都這麼老了耶！」

「幹！你是沒燒幹過喔？」

大家笑起來。那種很猥褻可以快速拉近彼此關係的笑。

「性」的話匣子一開，每個人似真若假分享起來。不知道扯屁扯了多久——

集合哨再度吹響。

找到了找到了找到了找到了找到了找到了找到了……

他們嘟囔著產生回音接二連三起身。

我跟在最後面半跳半走。蹲到腳底發麻。

站在前方的副連長要大家趕緊去睡。列子裡有人探頭探腦想看布丁一眼。

「再亂動的就全副武裝罰站！」

忙亂的一夜告終。

在連綿鼾聲中我爬下床，從內務櫃抽幾張衛生紙小跑步溜到廁所。

門一關，把揉成一團的衛生紙統統塞進嘴裡。我聽見自己從身體內側發出嗚嗚嗚嗚嗚嗚的聲音。那些聲音愈縮愈小愈縮愈小，到最後整個堵住喉嚨。我獲得前所未有的平靜。挖出那團黏答答的衛生紙甩在磁磚地上，我用力吸氣。

事實上，布丁被我用鐵鍊拴在某個從前偷偷溜進去探險的空置營區。我甚至可以清楚聽見金屬鍊條在地上拖曳製造的鏘鏘細響。

子非魚，安知魚之樂？我不知道布丁有沒有變得比較幸福。但至少我有。

然而，儘管自己頗得連上主官歡心，卻也不是每天都有機會出去透氣。有時候隔一天、或者兩天三天，才能帶食物去看看布丁。

返台半個月，再抵金時心想他大概已經餓死了。沒想到，他只是虛弱到站不起來。

「我第一次感覺到生命是那麼的神奇。」我對著鏡子——不對，我對著窗子說道。

後來，期滿退伍，回到本島。

再然後呢——

我猜想亞伯拉罕肯定很想知道自己離開金門前到底有沒有替布丁鬆綁。

張大嘴巴，像可以吞進自己的拳頭那樣，對著窗戶呼出長長的一口氣。

霧白漫延開來的窗面宛如在我的臉孔結上一層削薄的冰。

叮叮、叮叮，有客人推門出去。吃完披薩，舔去沾上指尖的碎屑，我揚起下顎招手喚來服務生，問他有沒有confetti？個頭嬌小的服務生一頭霧水盯著我，彷彿我跟他要的是全世界一樣無理取鬧。

「有沒有confetti？」又問一遍，沒有等對方回答，我抓起帳單的同時起身直直走向收銀台。

走出餐廳，遲疑了一秒，以為下雪。那種質地細綿還沒碰觸就會化融的雪。

但不是。是雨。明明這麼輕，街上的人群和燈影卻被一一拂刷殆盡。

他當初問我為什麼喜歡《艾瑪的禮物》這部電影？

現在，我想，我可以回答了。

因為被裡頭的一句台詞深深吸引：怕死比死亡本身更糟糕。

這句話讓自己可以從之後的每一場死亡中獲得一點點力量。

12

按電鈴，門另一側響起熟悉的旋律。

音色是單調不帶一絲情緒的數位琴音，不過一聽就認出是〈小貓圓舞曲〉。

沒錯，我沒搞錯，不是小狗，而是小貓——第一次知道曲名時，以為對方在開玩笑，畢竟〈小狗圓舞曲〉即使是對古典樂不熟悉的人也略知一二（我還小熊圓舞曲哩！）。話題拉回〈小貓圓舞曲〉，作品編號34-3，據說蕭邦創作此篇的靈感，來自小貓跳到鋼琴上踩踏琴鍵的意外插曲。

彈奏沒有多久，伴隨金屬高頻傾軋聲，門被往後拉開，後方現出一張女人的臉。

「怎麼沒先打一通電話？」女人上半身穿著動畫片《冰雪奇緣》的雪寶T恤，下半身則是褲襠上方打了個蝴蝶結的棉質運動短褲，一副大學生打扮，和保養得宜的白嫩肌膚相互烘托，完全看不出已經年過四十。

「突然心血來潮。」我避重就輕答道，忽然意識到已經到了不該偏著頭回答的年紀，連忙打直脖子。

「你男友不進來？今天太陽很曬。」她望向坐在駕駛座上支著臉頰打瞌睡的店長。天曉得他昨天又自己一個人在店裡忙到多晚。

「說過好幾次，他不是我男友！」我忍不住翻了個白眼。

「真的假的？不是你男友還每次載你過來？」她把眼睛瞇得很窄很窄，幾乎讓人喘不過氣來的一條縫。

眼前咄咄逼人的熟女，或者用稍微過時一些的說法：美魔女，是我的小阿姨。

六年前，媽開始變得不對勁，再加上自己考上研究所必須往更北的地方去，於是幫她搬來和同在台中的小阿姨一起生活以便有個照料。

媽在家中排行老三，下面就這麼一個么妹。有趣卻不罕見的是，儘管小阿姨年輕時便因為工作因素來到台中定居，但待在同一座城市的兩姊妹卻鮮少往來（我猜測媽是不想讓獨身主義的小阿姨知道自己離了婚）。反而是近年，身體出了狀況以後，兩人才愈走愈近，甚至能和平長住在同一個屋簷底下。

倘若不是因為「這種情況」重逢，媽大概會打從心底後悔沒有早一點來找小阿姨。坦白說，我就很後悔。比起媽，和小阿姨相處起來更放鬆自在，有一種難以言喻的親暱感，似乎無論說什麼、做些什麼都可以被完全接納。

在輕盈自由令人覺得會有一盤烤餅乾隨時端出來的氛圍中，我向小阿姨出櫃了。

而在這之前，我從來沒想像過自己會和家人——更遑論任何一個親戚，說出這些事。

「外面好熱，快進來吧！」小阿姨拉了拉領口催促道。

「不要再拉了啦！都鬆成這樣了。」

進屋前，我習慣性抬頭一望。太陽底下，瓦片屋簷邊緣綴點著猶如鑽石的細碎光芒。

屋小簷深晝不明，板床支凳几難平。蕭然四壁埃塵繡，百遍思君繞室行。第一次造訪小阿姨家，不禁想起錢鍾書的詩句。她家有著造型猶如飛揚鳥翼般帶著濃濃復古風情的青瓦屋簷。

小阿姨住的地方在鄰近逢甲大學附近。當然是靠近比較不熱鬧的那一側，位於中部打擊犯罪中心後頭，屋齡十五年以上的兩層樓透天厝。得知原來阿成曾在中部打擊犯罪中心待過短短一年時，又一次後悔，心想要是早點過來找小阿姨，說不定就能碰見當時的他，將兩人的故事提前開始。

「她最近還好嗎？」我將門拉上，光線頓時黯淡不少。

「差不多。」小阿姨的聲音夾雜虛弱笑意，背好像也跟著彎了一些，像一座倒退腳步逐漸拉遠距離的拱橋。

「誰來了？是正凱嗎？」狹長走道盡頭傳來嬌滴滴的女聲。

正凱是爸的名字。

「是正凱嗎？」聲音甜滋滋的。出聲的人踩著小碎步來到客廳。

出現在眼前的，是一名年逾五十的女人，身上卻穿著明顯不合時宜的學生制服。髮型是詭異的清湯掛麵。整體看起來與其說是懷舊風，女人失去彈性的乾黃肌膚、粗劣髮質與過時的妝彩，更像是失敗的cosplay。

簡直是把一場災難直截套在身上。

這個令人不忍卒睹的女人，就是我媽。

或者說曾經是我媽。

「小楊……正凱沒跟你一起來啊？」她毫不掩飾失望的神情。

根據小阿姨的說法，小楊是我爸年輕時的換帖兄弟。

儘管在我有限的童年時光裡從沒見過這位傳說中的小楊。

「正凱他去台北參加比賽了，今天不會來。」小阿姨說道，用手背擦著汗。

「那誰要陪我去上學？」媽媽偏著頭問道。

「今天不用上課，是暑假。」

「有輔導課啊！」

小阿姨快招架不住。

「輔導課——下禮拜才開始。」我說道，刻意放大音量。

想讓人相信謊言時，放大音量可以先騙過自己這一關。

「對、對！輔導課下禮拜才開始，妳先去把衣服換下來，冰箱裡有水果。妳最喜歡吃的西瓜喔！」

「好、小楊，你等一下、先別走，我有事想問你！」

不用想也知道是什麼事，大概又是：正凱生日還是什麼紀念日快到了，你知不知道他喜歡什麼？最近有沒有缺什麼？之類的話題。

上次來的時候，她也問過我類似的問題。

她轉身沒入走道，趿著拖鞋啪啪啪啪上了二樓。

「她昨天還說要跟你爸去教室練舞。」

這裡提到的「教室」，指的不是學校教室，而是舞蹈教室。

媽失智了。只記得從中學開始到三十歲左右的事情——她和爸最甜蜜的交往時光。

他們國中因為參加羽球校隊認識，高二那年開始正式交往，接著男方退伍、女方研究所畢業後自然而然進入婚姻。從客觀角度來看，是一段「履歷」相當完整的感情。

也因此有時候，我會不由自主忖度：如果他們之間沒有隔著一個阿嬤，人生會不會變得完全不同？

無論是他們的，還是我的。

媽還是媽的時候，有一回，看到社區大學的夜間國標舞班報名表，難得半是感慨半是哀怨低吟道：「要是當初學的不是摩登，而是拉丁就好了。」

手腳不協調肢障如我上網一查，才明白媽的話中含意。拉丁舞可以一個人練習，而以華爾滋為主的摩登舞，沒有另一個搭檔配合的話要跳好簡直比切掉自己另一半身體還困難。

「真是的，我就是不想當任何人的媽媽才堅決不結婚，偏偏把我當成……」小阿姨的笑容有些寂寥，她匆匆瞄我一眼，接著往樓梯口的方向看過去。「你媽從前最喜歡黏著你外婆……被寵成一個小公主。要不是你外婆過世，說不定他們會晚幾年才結婚。」

媽當初有要出國念博士的打算，甚至都已經申請到獎學金了，只是外婆驟然病逝——感冒併發肺炎導致器官衰竭，讓媽的人生連帶產生巨大的改變。

說不定不是晚幾年才結婚。打開眼界的她可能會恍然意識到自己根本不用把自己的一輩子綁在家鄉的同校男學生身上。

不過無論如何，來到人生的這個時間點，準備收尾的末期，某種程度而言，失智的媽算是很幸福吧？

擷取一生當中最為感到幸福的兩段經歷，合併成現在的自己。

「欸，說真的，你怎麼會突然跑回來？該不會是被退學了吧？這樣是不是要去當兵？可以服替代役吧？現在好像申請很簡單。你應該去申請，部隊裡面的環境太複雜。」一旦開始關心別人，就容易變得陳腔濫調。原本應該充滿嬉皮風格的小阿姨，頓時活像是一則公益廣告。

我喜歡公益廣告。

「最好是會被退學啦！」

她不知道我宣稱到國外打工的那年其實就是去服兵役。

不想和每個人討論自己的每一個選擇。

「我想也是，你媽很會念書。」

「妳這樣還有辦法教琴嗎？」靠放牆邊的直立式鋼琴舖著一襲拼布大方巾。即使防塵用的布幔清理得一塵不染，卻可以感覺到很久沒有移動，隱隱約約散發出一種博物館式的寧靜氛圍。

「三不五時還是會接一些工作。有些要準備鑑定、報考音樂班……或者參加比賽需要加強訓練的，還是會抽時間幫他們培訓。畢竟有一些是以前就在這裡上課的學生。」

小阿姨從前是小學音樂老師，後來自己出來開設私人鋼琴教室。

「我差不多該走了。」

「這麼快？」她驚呼道，再度望向樓梯口。「不知道你媽會不會穿那一件？我前幾天幫她買了件新衣服，花色不錯，穿起來很年輕。」

「我要去叫醒他。」被誤認為是男友的店長。

「我去廚房幫你包一些水果。我早上有切芭樂跟蘋果、還有一點芒果。」小阿姨說著逕自往後頭走去。

空無一人的客廳，安定到令人坐立不安。

我來到門外，將門虛掩，慢慢拉直的陽光照不過屋簷。

店長已經醒了，專注盯著手機。應該是在玩遊戲Candy Crush，還被我揶揄這遊戲都出幾年了，居然才破到五百多關。目前這階段關卡的特殊設計是鐵軌，會不斷轉動糖果。印象中再過兩、三關就要解鎖。每回遇到解鎖關卡，沒有加任何好友維持一貫低調作風的他只得老老實實等上兩天。我沒有告訴他其實可以作弊調整手機日期向未來預支時間。

又是尖銳聲響，小阿姨走出來，手上提著一個環保購物袋。

我想裡面裝的不會只有水果。

「下次來之前，先打通電話。」小阿姨咕噥道。「東西都來不及準備……」

「我盡量。」接過袋子，換我催促。「趕快進去吧，外面好熱，站一下就流汗。」

還是不聽勸，她用力拉了拉T恤領口。「真的好熱！不知道下午會不會下雨？台中最近常下雨，一下就是暴雨。」明明照不到陽光，她打開手掌遮住眼睛。

「台北也是。」頓了一下後我又說：「妳也是。」一時間聽不明白我的意思，感到疑惑的小阿姨緩緩垂下手，定定注視著我。我搭住門把，若有似無小幅度偏著頭說道：「妳也很會念書。」

M

愛無可愛，恨無可恨的人，都是空的。

後來我發現，從別人那裡偷過來的東西，好像可以存活比較久。

這是有實驗根據的。

在認識亞伯拉罕之前，我曾經和一個男人交往過。

那是當初我沒有和他繼續回憶下去的大學體育課。

大一體育是必修課，一年內得學會自由式和蛙泳。上學期二十五公尺，下學期五十公尺。

簡直要命。

第一次上課，穿著白色三角泳褲、有著一身稻穗色肌膚的老師問我們幾個沒下水的是怎麼回事？

他們異口同聲回答忘記帶用具。有人忘記帶泳褲泳衣，有人忘記帶泳帽蛙鏡。我混在人群中動了動嘴巴。忘記帶什麼都好。老師說下次記得帶，否則會算一次缺席。

「不會游是一回事。不下水又是另一回事。」

明明是一點創意都沒有的訓話，很奇怪地，總覺得心底某部分的自己被他說服了。

「你為什麼還是沒帶？」

缺席三次，這門課就會被當掉，沒人想拿畢業開玩笑。

下回上課，除了生理期的同學——還有我，其它人全乖乖配合下水。

「我不會游泳。」

「我會教。你上次沒看到我在教同學游泳嗎？不是每個同學都會游。很多人跟你一樣一開始也都不會。」

「我怕水。」這三個字的音輕到幾乎可以漂浮起來。

老師愣住。不過在被施了定身術前，極其短暫的零點幾秒間，我看見他淡淡笑一下。

我立刻知道這個人拿自己沒辦法。

很奇怪地，一旦發現對方拿自己沒辦法，便會忍不住讓自己配合對方——

我想起國中時那一條條被自己含得不得不勃起射精的蠢屌。

再下一次上課，我穿上泳褲站在泳池邊。刻意不和同學站在一塊兒。

他一走出更衣間就看見我。我覺得他白色泳褲的灰色面積變得更多了一些。

游泳沒有想像中難。

水也沒有想像中可怕。

課程結束，拎著鞋，我打著赤腳站在游泳館外的停車場水泥地上，望著道路另一側網球場的球員來回對抽。

「你不是怕水？」他穿著POLO衫和沙灘褲，車鑰匙的前端從拳眼吐出。

很想叫他把領子摺下來。又不是傘蜥蜴。在心中默默吐槽。

「我記得以前很怕。」

他動一下嘴角，垂眼看著我的腳。「幹嘛不穿鞋？」

他的睫毛好長。五官輪廓又深，如果啤酒肚再小一點的話就好了。

「我喜歡踩在水泥地上的感覺。被太陽曬得暖烘烘的水泥地踏起來很舒服。」

連在腳底趾間滾動的細沙都讓人感到幸福。

關係更親近之後，他說我講話的方式很像在寫小說。

我發現他其實很敏銳。發現我並不擅長和現實生活中的人建立太多連結。

我學習了很久很久才建構出現在的自己。

13

就快到台北了。他扭開廣播。

喇叭傳來歌聲：

想帶上你私奔　奔向最遙遠城鎮

想帶上你私奔　去做最幸福的人

是鄭鈞的〈私奔〉。講的是人到中年幡然醒悟，對年輕時的夢想做最後一次拼搏。對照我們兩人眼下的處境，也頗有黑色幽默之感。

「你不吃？芭樂？還有蘋果？」

「太扯了吧？這樣你也聞得出來？」

「從這邊看得到。」他一面說，稍稍挑起眉尾，接著抽動了幾下鼻翼。「好像還有一點芒果？」

我差點忘了從小學開始就是排球校隊的他身高將近一百九。

「還有水梨、巧克力、花生糖、鳳梨酥、老婆餅……蛋黃酥？放多久了啊……」我邊翻袋子邊嚷嚷。「兩瓶無糖綠茶！怪不得這麼重！」

「你先吃。」

「回到店再一起吃吧。」

明明不可能——明明愈離愈遠，卻感覺彷彿還可以聞得到海水的氣味。

我喜歡想像鹽粒在臉頰上刮磨的粗礪觸感。

「為什麼搬離天母啊？」

好像可以朦朦朧朧看見海的輪廓，聽到聲音時，才意識到就這樣自然而然問出口。

然後驚訝地發現並沒有想像中艱難，而自己居然忍了這麼長的時間。

「離開天母啊，沒為什麼……」想起哪首歌呢？他用指尖踏點著方向盤。「天母這幾年沒有那麼熱鬧了，但租金還是一樣貴，又有一些資本很雄厚的跨國餐廳。中正萬華呢……相對沒那激烈，再加上這邊的房東是我爸媽以前在銀行的同事，店租可以壓很低。」大概是不好意思，說到最後他的語氣愈來愈輕。

很正常的人生。這才是最普遍的情況。人的移動不必然得出於生活的變故與動盪。

這種人生，還是有的。而且……應該佔大多數吧？

像是要戳破我對自己的思想再造——

「接下來是尋人啟事……」

是阿成。

並不是完全沒有心理準備，然而一聽到他的聲音，心還是被重重拽一下。

「請各位聽眾朋友留意，七十一歲蔡漢杰蔡老先生，二十七號凌晨沒有知會家人便擅自離家，至今沒有任何聯繫。根據蔡老先生家人以及周遭住戶所提供的線索，蔡老先生最後的身影，出現在中正區大埔街往中華路二段的方向，當時身穿深褐色外套和白底深綠色條紋睡褲。蔡老先生有失智的徵兆，如果有……」

莉娜裘莉向吳大哥詢問資料，想藉警廣的力量協尋——當然有事先取得蔡爺爺家人的同意。

大埔街往中華路二段方向一直走下去，會經過聯合醫院，然後是龍蛇雜處的西門町。

「深褐色外套……」

「外套怎麼了嗎？」

「我和莉娜裘莉遇到蔡爺爺那天，他也穿著那件外套。」

「不過他們怎麼知道他穿什麼？」

「很簡單啊，應該是在房裡找不到那件外套吧？」

也許是覺得自己問了個不是問題的問題，他轉移話題呢喃道：「蔡漢杰……」

「這樣說不大好……好像有點歧視的感覺，不過對蔡爺爺來說，這個名字好像太年輕了一點？」

我瞄向他尋求認同。

「嗯，好像是……而且……漢杰，還挺耳熟的，不曉得在哪裡聽過……」他咕噥著，指頭繼續點著方向盤。

「根據家屬所提供的資料，蔡老先生左側額頭有一小塊燒燙燒……」儘管只能從聲音推敲，我猜想坐在播音間裡的阿成這會兒肯定是一臉肅穆。

是這樣嗎？左側額頭……有一小塊燒燙傷？

我皺起眉頭試著回想，原本輪廓還算清晰的老人面龐，卻霎時間失焦、糊散開來。

從以前開始就有這樣的習慣，我喜歡「觀察」，卻不讓自己「記住」。

害怕殘留在腦海中的臉孔某天會陡地浮現干擾思考影響人生的判斷。

因此，如果哪一天，我開始或多或少記住了別人，就表示自己將要為他們承擔某部分的生命。

尋人啟事結束，播放下一首歌。

There's an ocean between us

You know where to find me

「崔漢杰、我想到了！《咖啡王子一號店》，一齣韓劇，好像是我國中播的吧……你沒看過？」

店長嘴角下撇聳一下肩膀，貌似是在回答「當然沒看過」。

也對，畢竟我們的年紀差了一輪以上。

「就是《屍速列車》那個男主角演的。」我按摩著太陽穴，別向窗外。倒映著自己淺影的車窗恍如變成一張投影幕，一個半小時前的畫面驟然浮現眼前。離開小阿姨家，距離台中市區愈來愈遠的同時，場景也逐漸開闊開來。感覺心的一隅彷彿也被沖積出一片小小的三角洲，水光映照拖曳成扇的斜陽，有種鬆了一口氣的懈怠，以及隨之而來的深沉疲倦，好像億萬顆細胞全被刺破了一樣。

他發出一聲薄薄的輕笑，帶著心虛地。想當然耳，他也沒看過《屍速列車》。

「前面櫃子裡有放綠油精。」

「今天還好。一點點暈而已。」

這時我看見，路肩上，有個女人獨自拖著行李箱走著。是情侶賭氣嗎？還是一個人的旅行？

車已經開過去了。我的視線久久離不開照後鏡。

「你會這樣嗎？因為在路上看到誰而想到自己的事。」正思索著，他便開口問道。

「因為在路上看到誰而想到自己的事？」看向他，我重複一遍問題。

「例如看到男學生偷戳女學生的肩膀故意捉弄對方，就會想到……啊，自己以前也曾經這樣做過。」

「我沒有偷戳過女學生的肩膀，你戳過？」

「打個比方而已。昨天剛好在騎樓涼麵店那邊看到，應該是古亭國中的學生……」騎樓涼麵店是一間沒有店名、只有附近居民才知道的內行人店家。老闆娘個性豪爽，酷愛迷彩，去年颱風菜價飆漲索性關店公告等價格回穩再開張，風格堪比硬漢。

「多多少少會吧……」手肘抵往窗框，我撐住臉頰。「周遭這麼多人、這麼多事，難免會有一些共鳴。無論是這個我也做過、幸好這個我沒做過、真可惜我應該做做看這個的……又或者，這個人到底為什麼會變成今天這個樣子呢？我有一天也會變成這樣子嗎？如果我做些什麼還是不做些什麼的話……」

說到後來，我簡直是在自言自語。

「那……你有想像過自己變老以後的樣子嗎？」

好傢伙，居然在引導我的思考。

「你有想像過？」我反問道。

「嗯。你先說。」他立刻堵回來。

我鬆開臉頰，抬起臀部調整一下坐姿，安穩好身子後答道：「大概是百分之五十五的喬治克隆尼和百分之四十五的米高基頓吧——」

沒跟任何人提過自己是蝙蝠俠迷。

「你還記得每個月月底都會來我們店裡的甜不辣先生嗎？」沒有呼應我的蝙蝠俠，他打出甜不辣先生這張牌。

「甜不辣先生」的綽號來自卡通《我們這一家》，門可羅雀的晚上是我們兩人的動畫之夜。碰到甜不辣先生以前，我不知道原來真實世界中竟然真的會有人長得那麼像甜不辣——如果有一天有長得像茄子的客人光顧我也不會感到驚訝了。

「想忘也忘不掉。」

「每次看他喝藍山的模樣，我就會忍不住想啊……要是自己老了以後能像他這樣子，好像也很很不錯。」

你會比他好。儘管我還不認識多年後未來的他，卻已經有這份把握。

「哪裡……不錯？」我啞然失笑。

不是輕蔑甜不辣先生，只是真的很想知道，他到底是經過怎樣的邏輯運作才能推導出這個結論。

「該怎麼說才好……」

「優雅？」

「不……不是優雅。感覺不是很貼切……很接近了……」他皺起鼻頭，像是在努力辨別某種氣味。

「紳士？」我抽換詞面。

「平衡。」他語氣堅定吐出這個詞彙。

平衡。

這一直是我最渴望的詞彙。

明明可以打方向燈超車，他卻寧可留在中間車道。

「你不是真的想變成那樣吧……喬治克隆尼和米高基頓……」

被戳破了。

「其實……我沒想過。自己會老成什麼樣子。」我老實說。

不知何時，窗外空無一人，女人消失了。只剩下零星車輛。

「這很正常，我以前也沒想過。只是最近開始想了——想的時候甚至根本沒有察覺到原來自己已經開始在想這種事了。是剛剛……剛剛聽廣播的時候突然想到……不過也可能是因為最近聽了你們說的那些命、那些事吧？」他修正用詞，避開「命案」這個詞彙。

「我沒想過。」從未想過。所以只能重複一遍方才的答覆。

現在的我，還停留在「觀察」的階段。

「好像說了很奇怪的話。」

愈來愈低斜的陽光從前方車窗刷入，我扳下遮陽板，從櫃子翻出墨鏡遞給他，他小聲咕噥了句謝謝。

「不會啊，不奇怪，只是因為平常不常說這些而已。」停頓片刻，還是想把想說的話說完：「你可以多說一點。」

沒有再答腔，嘴角浮現淡淡的笑意，他舒展手掌放開方向盤，又重新握緊。放開，又重新握緊。彷彿往裡頭充氣似的，動作緩慢且謹慎。手背青筋微微抽搐，掌肉貼上人工皮革和剝離之際發出嚓、嚓、嚓、嚓猶如親吻的黏膩聲。

明明Sarah Brightman纖細悠長的歌聲還悠揚在耳際，他卻用沉厚嗓音低吟起另一首無關的歌。我的注意力不爭氣被吸引過去。

如果有一天　你屋裡傢俬一旦再不擁有
別害怕　那溫暖的　家裡的　成員歡笑　伴你於床頭

不是梁靜茹，而是劉德華的〈如果有一天〉。
不懂粵語，不知道他的發音道不道地。
「他……會沒事吧？」哼唱無預警中斷，話題重新回到蔡爺爺身上。
這一回，他的用詞很精準。是「沒事」，而不是「找到」。
因為「找到」不見得等同於是「好事」。
就在那天晚上，蔡爺爺被找到了。

14

目前的我，無從得知對他們來說，這算什麼程度的好消息。可以領到一筆優渥的保險金。還有，徹底卸下家中重擔。有種火箭升空後剝除整流罩暢快到虛脫的複雜感受。

叮咚、叮咚！

象徵性按兩下電鈴，我掏出備用鑰匙插入鎖孔。

「不再等一下？」身後阿成嘀咕，其間夾雜著塑膠袋沙沙、沙沙摩擦聲響。

沒有理會，我垂著頭扭動手腕，感受從指尖傳來的細微拉扯。可以想像出門板另一側旋鈕跟著緩緩轉動的畫面，力量確實傳導過去的一體感讓人有一種剎那間將兩邊空間貫通的錯覺。

推開門，我們一前一後走進去，更換室內拖鞋後踏上貼木地板。

一拐過牆角，便和坐在餐桌前的莉娜裘莉對上目光。滿嘴油光、鼻頭帶著酥脆麵衣碎屑的她，面前擱擺兩桶炸雞。其中一桶已經ＫＯ，裡頭剔得乾乾淨淨的骨頭高高堆起。她手上還抓著一隻雞翅，纖細翅尾支撐住上方宛如拳頭的糾結肉團。

我和阿成在她兩側落坐，像兩尊石獅子般相對而望。

阿成將塑膠袋提至桌上，撈出一瓶白毫烏龍，習慣性搖了搖，喀，俐落扭開，放在她右手邊。停頓半晌，又伸手抓來一罐啤酒，想當然耳沒有搖動，扳開後平靜喝一口。掛滿水珠的罐身看起來相當解渴。

他抬眼看我，眼神像是在問：你不喝？

然而，只是遲疑幾秒鐘，我又轉了個念頭，覺得那像是在問：你打算什麼時候開口？

「一樣嗎？」

我和阿成兩人同時怔住。出乎意料的，率先打破沉默的人是莉娜裘莉。

「發現蔡爺爺的時候……他、也一樣……」她呢喃著。

我接過她手中的雞翅，放回桶子。

一樣。

氣息卡在喉嚨，聲音怎麼都衝不出來。

「一樣。」

是阿成的聲音。

明明身處同一個空間，卻感覺像是在收聽他的廣播。

這時才恍然意識到，自己在不知不覺間低垂眼神，直盯著桌面看。大拇指和食指的油漬已經乾掉，形成半透明薄膜包裹住指腹，在日光燈下呈現一小片反光。

事情經過是這樣的——

今天傍晚，回到台北一踏進家門，便聽到手機響起。但不是自己的手機。往半開的門外看去，正好也到家的阿成站在走道上接起電話，身子微側另一隻手插進口袋，肩上的帆布包好像隨時會從肩頭滑落。

「找到了。」一掛上電話，他便扭過頭對我說道。

隔著門框音量好像被誰偷偷調小，聽起來比平常吃力。

「找到——」

話被打斷。這回是我的電話。

是吳大哥。我接起手機。

「找到蔡爺爺了。」

吳大哥聲音中的顆粒感十分鮮明，彷彿能感受到脖子兩側一拍一拍抽緊的喉嚨肌肉，將這句話的每個字俐落切成一塊一塊。我抬眼和阿成對上目光。

找到了，那真是太好了。

我想這麼回應。一個符合社交禮儀的禮貌回應。卻察覺對方的語氣、甚至呼吸，都在抗拒這句話。

「蔡爺爺他，過世了。」吳大哥的聲音很直很直，像一條明明很直很直卻還是看不到盡頭的道路。「顏小姐應該知道了……分局那邊好像有通知她——就是上次來找你們問話的那兩個警察……」

「為什麼……」

為什麼先通知她？

「我也是之後才知道……那天、就是我和你們約在教室見面那天，後來，顏小姐又自己一個人跑去警局找他們，好像留了名片，說是如果找到蔡爺爺，有需要任何協助的地方可以和她聯絡。畢竟是專業的社工師，可以比較清楚如何安撫和應對吧……」

吳大哥說話的方式，好像蔡爺爺還活著一樣，而莉娜裘莉還真的有機會提供什麼幫助。

那些警察是白痴嗎？

人活著聯絡才有意義，死了還第一時間通知做什麼？

但我理智的一面告訴自己：這是道義。

對於付出關心的人，有必要在第一時間讓他們得知消息。無論是好或壞。

對雙方而言，這才是專業。

趕往莉娜裘莉家途中，阿成跟我轉述了「案件」經過——

即使沒親眼看到「現場」，聽完他的說法，毫無疑問，蔡爺爺的死，是非外力不能構成的「他殺案件」。

話說回來，能這麼早發現蔡爺爺，得歸功於科技的進步和人類想像力的偉大。

一對大學情侶下午翹課跑到北投泡溫泉，泡到一半，跑到深山一處廢墟「探險」。結果在二樓發現了「一樣東西」——據說當場被嚇到腿軟脫肛。

不過為什麼溫泉泡得好端端的，會突然跑到山中陳年老宅呢？相同情況放在以前，肯定會啟人疑竇，讓人懷疑這對情侶是不是故佈疑陣，企圖掩飾些什麼。然而，如今這時代，再怎樣荒誕的事實都有機會說得通……原來這對相偕延畢的大學生情侶泡鴛鴦浴時，意外從遊戲群組得知這附近山上有稀有寶可夢出沒，於是連頭髮都沒擦乾，便匆匆套上衣服共騎男方的１２５機車前去追捕。

媒體明日大概會如此報導：情侶瘋玩寶可夢，夜闖廢墟遇詭屍。

至於「詭屍」一詞又從何而來？

回到充滿潮腐氣味的透天厝二樓。倒在那對情侶面前的那樣「東西」，和那日我們三人在古坑山區拐錯路時從路邊廢棄儲物間裡摔出來的一模一樣：一具渾身被膠帶綑綁起來、纏得密不透風的屍體。

身份很快便得到確認。其中帶著幾分幸運成份。原來目前任職於北投分局永明派出所的警員，是阿成就讀警校時的直屬學弟。一開始，只是覺得被扔棄在房間地板角落的深褐色外套有幾分熟悉感……後來得知死者額頭有一塊燙傷痕跡，立刻聯想到下午阿成播報的尋人啟事。

線就這樣聯繫起來，一路接續到這裡。

如果不是遇到那位警員，蔡爺爺不曉得會被當作無名屍在外頭流浪輾轉多久。

想著這些事，實在很難對「幸」與「不幸」下定論——倘若把生死當作決然的界線。

至於死因呢？接著才猛然想到，自己並不清楚先前兩名死者的死因。

其中一個還是國小同窗的阿嬤……然而，沒打過照面，要說和自己的生命有著多強的牽扯也著實勉強。已經快過了勉強自己的年紀。雖然這社會最氾濫同時也最欠缺的就是共襄盛舉的虛偽。

「他是被餓死的。」

「被、被餓死的？你的意思是……蔡爺爺他……是被活生生弄成那個樣子？」不自覺想像起那個過程。背脊兩側和手臂起了雞皮疙瘩。

直到脫口而出的那一刻，才忽然劇烈害怕起使用「活生生」這個字眼來說明這件事的自己——好像不把人當作人來看。

餓死，或者應該說是渴死。沒有人可以真正確定長時間不進食不喝水會如何死去。當前有兩種較為可信的說法：第一個來自美劇，據說人會將儲存在臟器裡的毒物釋出，導致中毒身亡（被存在於自身體內的物質毒死，乍聽既荒謬又愚蠢）。另一個可能，則是肝臟腸胃等器官，為了獲取能量讓「整體」得以存活下去進而消化自己。後者簡單來說，就是器官本身代謝了自己。

人餓到最後居然吃掉自己。這似乎是更荒謬愚蠢的事。

「怎麼會有人做出這種事……」我無法克制地呻吟著。

四天。蔡爺爺失蹤將近四天。渾身被黏性極強的膠帶緊緊纏綑。五官封閉失效、四肢動彈不得，身陷在和外界徹底隔絕開來彷彿無底泥沼的深沉黑暗之中……這份驚慌、懼怖還有絕望，恐怕是一般人所無法想像的。

在如此「毫無罣礙」的處境裡頭，人不得不專注在自身身上，也因此更能夠「準確」感受到生命正在一點一滴流逝。

起初會試圖掙脫，而後掙扎、扭動極力製造些聲響和騷動，企圖吸引誰的注意或者憐憫……可是到後來，會發現這裡就只有自己一個人。明明什麼都看不到，卻有那麼一剎那──恢復到瀕臨再度崩潰前的短暫理性，那一秒，感官突然間變得無比敏銳，感覺到把猶如被戳瞎毒啞砍斷手腳的自己拋棄在這個地方的那個人，留下一雙眼睛冷冷盯視著自己：要自己殺了自己。

「目前全案已經進入調查階段──也將前兩起案件併案處理。」阿成抓起桌上的餐巾紙塞到莉娜裘莉手中。

他這段話，難不成是想對我們兩個搬出「偵查不公開」這種官方說辭嗎？

「蔡爺爺的家人不知道有沒有辦法承受這種打擊……」不過很顯然，莉娜裘莉並沒有針對案情多作討論的打算。

和推理小說不同，真正的世界裡，一般人不會對命案調查產生太多好奇心。畢竟這不是能靠一己之力解決的事。更何況，在實際偵辦過程中，是多麼耗時費心、多麼繁瑣，有一個警察在身邊的我們應該要比其它人再清楚不過了。

「好像在作夢一樣……明明前幾天才認識的人……居然就這樣……」

「想起來還挺恐怖的——」他們兩人同時看向我，我懸住話音壓低臉，舔了舔手指，油耗味出奇重。「受害者就在身邊的話……這不是就表示……那個兇手，可能離我們很近？或者說——曾經離我們很近？」

「你應該加入專案小組才對。常常可以提出一般人不會想到的切入點。」阿成擠出苦笑說道。我聽不出他是認真的，還是只是順著我的話說。

「我知道偵查不公開……但是、如果有進一步的消息……方便的話……可以第一時間讓我知道嗎？」莉娜裘莉囁嚅著。

原來她還是想知道啊。

「我盡量。不過……畢竟不是我負責的案子，再加上，其實我已經不算是偵查員了，一直向承辦的同仁打聽消息好像也不是很好。」阿成如實回答。儘管說出對方想聽的話讓人擁有不切實際的幻想對大多數人而言是貼心，但他一向不會這麼做。「學長他也加入了專案小組。就是你們之前在咖啡店見過的那個學長。我會和他保持聯繫。」能做到這樣，已經是他最大的努力。

「好餓喔！」覺得是讓氣氛變輕鬆的絕佳時機，我喊著手伸向炸雞桶。

「不過……相對的——」阿成冷硬的聲音讓我的手僵在半空中，宛如被一條隱形的絲線垂吊著。

我和莉娜裘莉的視線收束在他身上。「我還是跟上次一樣的提醒，希望妳不要再和妳那位朋友、還是學妹多說些什麼。無論是你們之前發生的事或者吳先生經營的那間銀髮樂活教室。對於他們那些媒體再兩個禮拜就是期末考，還是學不會換氣。

雖然五十公尺以內的距離可以硬是憋著氣撐完全程，但總有那麼一絲絲不甘心。

下午通識課一結束，立刻換上夾腳拖提著充滿日式風情的麻料手提袋來到游泳館。

一開始，確實是偶遇。

「來抱佛腳？」

破水而出的瞬間，聲音從上頭傳來，當時以為是天聽。摘下蛙鏡，世界明亮起來。先是看到那雙淋濕後顏色更顯深黑的毛茸茸粗腿，將頭仰得更高滑過他的下體、肚子和胸膛，和他對上視線。原來他今天下午有課，遠處換好衣服的學生高聲談論著待會兒晚餐要吃什麼三三兩兩走向通往出口的走道。

噗通。一時間，水面盪動。整個泳池都在擺晃。有透明的昆蟲趁機鑽進我的身體。

他跳進來。沒有經過我的允許。

「我來救你。」他說。「你先游一次給我看。」

15

來駛車　妳不在　我實在會來睏去
吃東西　都沒味　看電影親像北七

是台客樂團玖壹壹的〈回到我身邊〉。很久沒有聽到這麼愉快清新的台語歌。明明風格差異那麼大，可是不知怎地，歌曲中真情流露的Rap讓人聯想到自己很喜歡的饒舌歌手阿姆（Eminem）。

不知道現在的青少年還知不知道阿姆？

這個下午十分平靜，風和日麗，車聲人響聽起來格外遙遠。

找回讓人懷念不已的平衡感——就好像只是從前諸多尋常下午中的其中一個。

時間剛過三點半，之前好像一口氣開得太猛，空調似乎可以再調高兩度。這麼想著，我抓起遙控器對準冷氣按一下。店長窩在冷氣底下的高腳椅邊避開直吹風邊挑揀咖啡豆，微微駝著的背看起來有些落寞。

視線拉回前方外場。

店裡有兩桌客人，一桌是熊編劇（他當然不會放過這個再適合趕稿不過的大好天氣）。另一桌則是貌似業務的年輕人。不曉得賣什麼的，外表看起來二十多歲，大學剛畢業不久的樣子，但神情舉止頗為老練——最近好像不少這樣的大學生。

他對面座位截至目前為止換了三個人。現在位置空著。也許我不該繼續明目張膽觀察對方。這時，年輕人看一眼手錶，隱忍什麼似的扯動嘴角，大概是對客戶的不守時感到不耐。下一個瞬間，他冷不防看向櫃檯。我連忙撇開視線，匆匆沾起托盤上的棉絮，吹眼睫毛許願般朝指尖急促呼一口氣。

「不好意思，現在臨時為各位聽眾朋友插播一則即時新聞……」音樂被硬生生切斷，歡快氛圍登時消散。阿成的聲音顯得格外唐突。這樣的情況十分罕見。以往除非發生例如國道追撞交通重大事故抑或地震氣爆等突發性災難，否則不會輕易中斷節目。

阿成話語間的停頓令人感到前所未有的不安。

聽見一連串輕微碰撞的沙沙聲響，店長放掉手中的咖啡豆，從高腳椅跨下來，單腳支撐住身體看向這邊——我手邊的黑色音響。大概也對突如其來的插播感到詫異，熊編劇和遲遲等不到下一位客戶的男業務伸長脖子，好奇探向櫃檯。

就在那一剎那，我們被一股無形的力量牽動、聯繫，彼此的關係好像不再僅僅是店家和客人一樣，而是成為了某種更加緊密的共同體，能從空氣的流動感受到對方情緒的細微波動——說得誇張一點：幾乎能看見空間中緩緩擴散開來的同心圓漣漪。

「今天早上，於中部某大學校園內的人工湖，由於工程需求而抽取湖水，意外在底下發現遭人棄置的屍體。根據警方初步估計——約有六十多具。目前尚未清點完畢，數量還有往上增加的可能性。如果現場有進一步的消息，會立刻和各位聽眾朋友報告……」

六十多具屍體——沉在東海湖底下？

擔心引發民眾圍觀聚集造成更多混亂干擾現場蒐證——雖然方才阿成並沒有提到詳細地點，不過根據「中部某大學」和「人工湖」這兩個關鍵詞，我立刻想到東海大學的東海湖。

這過於獵奇的畫面難以想像，讓人有種脫離現實的恍惚感。

「湖裡有屍體？六、六十多具？真的假的？也太扯了吧？」男業務嚷嚷著站起身來，瞪大的眼睛發著光。「欸！老闆，你們那台電視可不可以看？」

正想糾正對方我不是老闆，店長搶先一步從後頭出聲道：「可以啊！」

用不著店長開口，我站上椅子將螢幕轉向外頭。除了動畫，店長幾乎不看電視（電影也都到電影院看，他說那對自己來說才是「真正的電影」），因此只有在世足或者奧運這種全球限定的狂熱時，才會對一般客人開放。

即便如此，個性使然，鮮少使用的螢幕仍然保持纖塵不染。

畫面一出現，忙不迭轉到新聞台。

果不其然，背景是東海大學。

「記者手腳真快……」店長咕噥著。

「是東海大學。」不知何時，熊編劇也來到櫃檯前。留意到我的目光，他解釋道：「我同學在那裡念博士班。」

「記者現在人在——」緊抓著麥克風的年輕女記者聲音高頻刺耳，配上一臉濃妝更顯語氣的浮誇。「各位觀眾可以看到現在在我身後——」

放眼望去，記者身後一整片人海，全圍在警方圈出的封鎖線外圍。

有好幾個人高舉手機對著乾涸的湖泊或拍照或直播。

要是現在打開臉書，應該能得到比新聞益發迅速且直接的「新聞」吧。

想著，我瞄向手機——會看到什麼樣的畫面呢？

「也太扯了吧？」業務男雙手拄住櫃檯放聲喊道，仰頭凸出的喉結好像快迸破皮肉。

拍攝距離太遠不是特別清楚，但能依稀看見沿著湖畔擺放一具具「類似」人形的物體。

不，不只是「類似」，而是「似曾相識」。

「不會吧……」我下意識握緊拳頭。

在陽光底下，那些物體映照滑溜溜的光澤。
被質地溫潤的水光輕輕包覆住的，是一顆顆用膠帶纏出的人繭。

O

「換氣就是在水裡呼吸。」

說著的同時他將頭潛入水中向我示範一遍。換氣就是在水裡呼吸——到底是誰說話像寫小說啊？之後我又嘗試幾次，一連喝好幾口水，連鼻子也被嗆著，感覺大腦像是被浸到泳池底一樣。

「你真的很不會換氣。」

「不然哩。」

我承認。就連在陸地上有時忽然回過神才發現自己竟然一直憋住呼吸。

「每天泡在水裡不會膩喔？」我抓著浮板練習打水。

「不會。」他回答得很快，用仰泳從我身邊慢慢划過，餘光淺淺瞥過來。撩撥而起的水流爬上我的胳膊。

只有我們兩個人的時刻，泳池到處是透明的爬蟲。

練習結束，肚子餓到痛，他說學校後門新開一間餐廳，要不要去吃吃看，他請客。

我懷疑他聽見我的胃在叫。

自認為不會佔人便宜，但別人請客沒有拒絕的道理。
那是一家主打日式定食的家庭式小店。
「喔，居然有賣一夜干。」
「那是什麼？」
「一種料理魚的方式。」
這時候，換我是他的老師。
他點了鯖魚一夜干，我點了炸豬排丼飯。還額外點了玉子燒和杏仁布丁。
現在回想起來，也許是因為那頓飯，讓我們開啟了其它想像。發現其它可能。
餐廳不算寬敞，有限的空間裡擺放四張雙人桌，桌與桌距離頗近，兩方經過時得微微側過身。也因此桌子不大，擱在桌邊的黃豔豔玉子燒好像隨時會掉下去。不知道為什麼，我覺得軟爛砸在地上的玉子燒砂糖味肯定特別明顯，說不定還能像吃糖果那樣嘗到若有似無的結晶糖屑。
我們邊吃飯邊碰著彼此的膝蓋。偶爾還會踩到對方的腳。
一開始還會稍稍縮回來說對不起、不好意思。到後來什麼也不說，就輕輕踩回去。
接下來幾天，我們同樣在泳池不期而遇。
不期而遇的「期」，實際上，是「約定」的意思。
倘若換成另一種解釋。這一遍又一遍的遇見，或許不全然是不「期」而遇。

他說自己每天下午都有課。可是有幾次，我並沒有看見其它班級。

我猜想他可能還輔導了另外幾個像我這樣進度落後的學生。

「他們的表現怎麼樣？有學得比我快嗎？」

「什麼他們？」他睜大眼睛反問我。

原來一直以來都只有我。

真是蠢斃了。又虛偽——哭夭裝什麼裝。

我想反折雙手按住後腦杓把自己溺死在這裡。

好假好假的自己死掉以後，應該就能夠以嶄新且真實的面貌面對他了。

「那個腳部的打水，動作要做確實。還有，對、不要把頭抬起來，對，直接把臉轉過去就好。對……對，看向我這邊。對、對，身體放鬆，脖子不要出太多力。對、對，你這樣做對了——這樣轉頭就好。」他捧著我的頭引領著讓我記住這份感受。「這樣你ＯＫ嗎？我放開囉。我要放開囉。你自己一個人試試看。」

對、對。

你這樣做就對了。

16

站在湖邊。

那是我。

於是很快便知道，是夢。

知道是夢以後，反而得以心無旁騖，專注觀察「那個自己」感受、體會當下的一切。

湖。

下午在電視裡看到的東海湖。

不，也許——不是那個湖，只是被那個畫面影響了潛意識的認知而已。

湖面波光粼粼。水滿到快溢上岸來。

這麼看起來，好像又和畫面裡的那座湖不大一樣。

突然覺得肚子有點癢。我掀起衣襬，發現從肚臍延伸出一條軟管——縱使還不知道情節會如何發展：劇情？驚悚？總不會是喜劇、歌舞或者愛情吧？然而「科幻」這項元素肯定跑不掉。

就在此時，形狀神似烏賊觸腕的纖細軟管彷彿被賦予生命一樣先是顫動一下緊接著瞬間抽長，飛索般鑽進面前的湖。水面無息無聲被戳出一個孔洞。沿著孔洞皸裂開來的湖面很快回過神來，旋即從四面八方重新湧上，毫無縫隙圈握住那條軟管。

以極其驚人的速度，廣袤湖面漸次水平下降，好像頂端真的存在一個至高無上的神，喝冷飲一樣，用無形的巨大吸管汲飲著這座湖泊。忍不住思索這座湖會是什麼口味——好比《查理與巧克力工廠》那樣。記得以製作甜點為競賽主軸、和*Project Runway*同樣是真人實境秀的*Top Chef: Just Desserts*，其中一集挑戰，便是重現根據原著小說所改編的電影（當然是一九七一年《歡樂糖果屋》版本）中「所見之物全部可以食用」的甜點世界。

巧克力噴泉、棒棒糖樹、餅乾房子、汽水游泳池……

從眼前奇妙的景象反應過來，才恍然意識到，原來，前方消失的水，正源源不絕往自己體內灌送。不過古怪的是，身體卻沒有膨脹開來，也沒有絲毫不適的感覺。我渾身上下摸索尋找任何可能宣洩的孔洞。

沒有。沒有。嘴巴、耳朵、鼻孔，甚至是肛門。什麼異狀都沒有。

不能說是失落——疑惑。對，是疑惑。

在連時間感都徹底失去的疑惑中，湖見了底。

日有所思，夜有所夢。精神愈是疲困的時候，往往愈容易對生活中印象深刻的事物產生反饋。譬如此時，水被抽光的湖底，點綴著數十——不，恐怕是上百顆人繭。

一顆顆長形橢圓的人繭宛如電影裡緊急避難時彈出的蛋形救生艙。

要逃去哪裡呢？

還活著嗎？

陽光底下，膠帶質感比新聞畫面中更潔白明亮，透著光，還能夠窺見人體膚色——亮白的繭宛如任性時將自己捲進去的被子。倦意加深的同時，啪，伴隨清脆聲響，連接著肚臍的軟管斷開摔落在濕漉漉泥土地上，轉眼間萎縮、失去血色。生命力消殞以後，好像成為和自己無關的物件。

我抬起頭，往面前彷彿一座小小盆地空掉的湖跨出步伐，大腿內側肌肉延展開來的剎那有一種全身細細麻癢起來、化身為雄偉巨人的異樣感受。

可以明確感覺到自己正沿著漸緩的坡度下降。這描述聽起來十分多餘，畢竟是自己親自用雙腿一步步走出來的，何必多此一舉「感覺」。然而夢中的「我」確實浮現這個想法。我無法制止也無從撒謊。

啊……好奇怪啊……一在湖谷最低處站定腳步，重新鬆綁感官將視線拓寬開來，陡然放眼張望，原先難以計數遍佈其中的繭已然消失大半，只剩下周遭四顆繭，恰好將自己圈圍在中央宛如一株一心四葉的植物。

拉近距離觀看，繭的形狀益發伏貼，看起來更像人了。

那緊繃貼合的程度讓人一時間聯想到夜市百元有找的手掌蠟像。

嘶——還是更尖銳一點的「吱」呢？隨著突如其來的聲響，只見繭的中間位置先是浮凸出一條隱隱約約崎嶇顫抖的裂痕，而後變得愈來愈清晰明朗，好像喀喀喀拉開拉鍊的鼓脹屍袋，繭皮向兩側緩慢翻掀開來，包藏其中的物體也跟著勾勒出輪廓、緊接著顯露出完整的形體。

觸電似的。

是爸爸。

準確來說，是老去的爸爸。

看到這張臉孔以前，以為自己早已經拋捨所有關於他的記憶——顯然對潛意識來說無論經過的時間再漫長，那張臉孔仍舊會一直沉積在那裡吧？甚至隨著歲月過去變成更加堅硬的岩層。

他雙眼閉闔，一臉安詳。老了以後的他和阿嬤極為相似。曾經以為比起阿嬤他更像阿公。想起神明廳牆上被框在相框裡從未親眼見過的表情木然雙眉疏淡的男子。

又是不知道該怎麼形容的聲音。另一顆繭也裂開。

接下來是阿嬤。

她居然還能比自己記憶中的她更老。那張刻滿無數道凹曲皺褶核桃般的臉，把眼睛嘴巴統統吃進去，只剩下那隻異常碩大的鼻子。

然後是媽媽。

夢中的自己適應力強大，已經能夠趨身湊近觀察，而不擔心對方忽然睜眼坐起，或許還會伸舌頭吐口水，猝不及防搧自己一個響亮巴掌。

原來媽媽老了以後會長這樣啊。我不曾想像她老去的模樣。

揩了揩眼角，覺得自己快哭了。

果然是夢啊。

嘴角帶著苦笑，我迎來最後一具。

好似能感受到我的目光，最後一具人繭用異常緩慢的速度裂開。

絲毫沒有意外——咦？

不是小阿姨。

是我自己。

變得好老好老比爸爸媽媽甚至比阿公阿嬤還要老的自己。

「我」的人生到底發生了什麼事？

不，不是我，而是「我」垂眼注視著的「我」——又或者我們只是同一條線上不同時間點的自己。

覺得自己哭了。

我慢慢俯低身子，雙臂不由自主往前延伸。那弧度非常柔和，像是要抱起一個襁褓中的嬰孩。

就在醒過來的前一秒，我閃過這個念頭：純然的老去，是不會讓一個人變成這樣子的。

抽空擰乾似的老。

我又醒過來。

計數不清（和那些人繭一樣）這是今晚第幾次醒來。

不過，每回醒來，前一輪的夢就被覆蓋過去，只有疲勞累積下來。

有種白費功夫的不爽感。

爬下床，使勁推按感覺被什麼東西塞住的脖子，一面走向廚房。

扳開冰箱，將因為罪惡感原本打算留到明天才吃的泡芙拿出。

這樣也好，放到明天派皮就不脆了。

拉開椅子滑入，一口咬去半顆泡芙，卡士達醬在舌肉化開的同時掀開筆電。

輸入密碼。

密碼是小時候那個家的電話號碼，非常好用。不用費心去記，也沒有幾個人知道。

喀喀。敲擊滑鼠點開網頁。早在幾年前開始，首頁便設定為臉書。

點入《殺人不償命》粉專。

果不其然，更新了。

就在半小時前，發表了一篇名為〈誰在獵殺失智老人？〉的文章。

顯然是針對今天震驚全台的懾人命案趕出來的評論稿。

只是，一看到篇名便感到不對勁。除了貼上許多「標籤」以外，還試圖利用情緒化字眼煽動人心。試想倘若今天受到這種非人道對待的不是「失智」，或者「老」人，而是單單純純的「人」，還會引起這麼多迴響嗎？回到最根本的問題——撰寫者還會在標題上多費心思嗎？

或許會變成〈連續殺人綑綁魔〉之類的狗血標題吧？

儘管同樣聳動，不過如此一來，癥結便顯而易見：報導的主體性，兩者截然不同。

前者聚焦的是「受害者」；而後者，則是「加害者」。

因為受害族群的特殊性，導致「相同的死亡」在社會大眾觀感裡的「不同的看待」。細究起來，以離奇方式呈現的死亡，也變得比較有價值一點。

明明是凌晨時分，底下的留言數和分享數卻以相當驚人的速度持續累積。表情符號那邊有憤怒也有傷心——這時候恐怕一顆大心或一個讚都會被群眾譴責甚或人肉搜尋出來大加撻伐吧？

這時候是不是應該謊稱是不小心按到的呢？

將游標小心翼翼推到螢幕邊角。

泡芙吃完了。

對於沾上手上的漬屑只剩下厭煩。

稍稍抬起下顎，視線往上移，和站在門框旁的阿成四目相交。

以為自己會被嚇到，結果沒有。

站在大塊陰影中的他像是被一張捕蟲網給罩住，五官模模糊糊。

「我沒聽到你回來。」

「怕你睡了，刻意小聲一點。」阿成看起來累壞了。臉上滿是油光，聲音黏稠。

這是理所當然的吧？雖然偵查不是他的職責，可這種一般人俗稱的「大案」，其成敗榮辱，是由「警察」這個集合名詞共同承擔的。

我從冰箱裡找出啤酒。

「只剩一罐？」

我點頭。頭皮好涼。

他拿來一個杯子咕噥道：「一起喝。」

「沒關係，你喝就好。我懶得再刷牙。」我將胳膊打得更直。

他終於接過，將身軀塞進另一張椅子。「你怎麼還不睡？」

在等我？

我很希望他開這種玩笑。不過就算最近沒發生這些事，他也絕對不會這麼回應。

「睡不著，作好多夢——」

煩都煩死了。

同樣的，我也希望自己能這麼說。

「在看什麼？」他吸了一口啤酒，朝螢幕努了努下巴。

「《殺人不償命》。」還在思考此時的他會不會不想聽到這個「團體」，話已經從嘴巴反射性流出。都怪這名稱太短，太好記。我將電腦螢幕轉向他。「有人對今天的新聞發表看法。」

他慢慢喝著。應該快喝完了。

「今天陪學長去喝酒……」似乎還有啤酒殘留在口中，他呢喃著。被酒液沾濕的雙唇亮亮的。

「喝酒？喝過了啊？那最後一罐應該讓我喝才對！」試著讓尾音上揚，在視線昏暗的空間裡卻過於響亮，震得腦袋轟轟嗚嗚。

「喝的人不是我。雖然他也不應該再喝了……不過……也難怪學長會想喝吧……」他搖晃罐子。

看來真的空了。

我悄悄把螢幕轉回自己。「所以……那些……真的都是老人嗎？」

「誰說的？」他眼神銳利射過來，眼白因為酒精發揮作用而充血通紅。

「這篇文章有寫。」沒猜錯的話，撰文者應該是小V。

看準社會風向、懂得掌握群眾情緒的她，未來大有可為。

彷彿伸懶腰的貓，阿成無預警往桌面趴伏，將筆電一把拖到胸前。

螢幕光亮把他雙眼的血絲照得更清楚，豔紅且立體鮮明如蟲。

「什麼鬼東西、胡說八道！根本就還沒清點完畢。」他難得粗魯，撇嘴叨嚷的同時用力推一下筆電——用了五、六年早過了保固期的老骨董差點沒倒頭栽翻過去。

從下午到現在還沒清點完畢……可以想見數量之多。

不過進一步思考，他指的「清點」，應該也包括了「確認死者身份」吧？畢竟一個運作正常的社會，死的人是誰終究比死了多少人重要。

「你學長他……還好嗎？」我撈回筆電，瞄他一眼，將話題拉回案件本身。

怎麼可能會好？

不用他回答，自己都猜得到答案。

當年沒破的案子，如今竟然以如此駭人聽聞的方式攤在世人面前——像是多年來潛伏在地底的怪物不小心被挖出來。我想起《魔戒》。阿成的學長臉頰凹陷頭髮稀疏倒和咕嚕有幾分神似。

「不好。」阿成明確答道。我原以為他會用曖昧的回答敷衍帶過。他的指腹掐進啤酒罐身。「我還是頭一回看到學長這樣子。認識這麼久，不管遇到什麼事，他總是很冷靜、總是最冷靜的那一個——從來沒有一次像這次這樣……這麼……該怎麼說呢？激動……緊張……還是……」

阿成鬆開手，推椅起身，解開襯衫鈕釦往浴室走去。

留在罐子上的指印清晰，還殘留著尚未釋放完畢的力道。

名字裡根本沒有「原」字，我在心底喊他阿原。

他是我這輩子實際生活中第一個碰到的原住民，但只需要一眼就可以辨識出來。

若是讓其它人知道自己思考過這樣的事，或許會被追究歧視。可是當你心裡放著那個人的時候，不必擔心歧視的問題。

後來才知道，阿原三十六歲，已婚。育有一對還跑不快的兒女。妻子同樣是我們學校的體育老師（聽說年輕時是國手，代表台灣參加過奧運），帶領桌球校隊。她的身材修長四肢附著恰到好處的肌肉，右手持拍的緣故，右手臂明顯要比左邊粗壯不少。長相清秀留著一頭及肩長髮的女教練，三不五時還會說黃色笑話，形象上的衝突讓她頗受學生歡迎。當然，特別是男學生。

當他膝蓋壓在細密磁磚地上像試著站起來的狗那樣挺直上半身舔著自己的陰莖，我一直想起教自己綁鞋帶的國小老師。那時候不可能知道什麼是性，也可能不清楚什麼是愛。但就是記住了。後來想也許是因為他有兩個孩子——射精噴得他滿臉稠稠黏黏黝黑臉孔像是抹上一坨沒有塗開的乳液。可是我從來沒問過有著這樣健全家庭的他為什麼會和自己在淋浴間做這種事。

剛在一起不久，趁著某次連假我們到花東進行一趟小旅行。

「要是可以的話好想出國，日本、泰國還是越南都好。」

他說想一面曬著陽光一面牽住我的手。

「日本太危險。」我說。

他歪著頭想了想後點頭。

坐在震顫搖晃火車上的我克制著想把頭枕進他肩窩的衝動。

「你不會想去歐洲嗎？」

「歐洲？太貴，隨便玩一下就會破十萬。」

「那要是參加抽獎抽中機票之類的——總之不考慮預算，可以隨便選哪個國家，你會飛去哪裡？」

「嗯……」他猶豫好一陣子才吐出答案。「可能是英國。」

「英國？」我有點訝異他的選擇。「聽說那裡很像基隆，天氣常常陰陰的。」

「像基隆？」他噗哧笑出聲來。「你怎麼知道？」

「好像在哪本書上看過，一個旅遊作家寫的。」

「是喔。我是之前在電視上看過那種帽簷又圓又大的、看起來有點誇張上面還有英國國旗的帽子……」

是的，他有孩子氣的一面。他邊說邊在自己額頭周圍比手畫腳。

「那種東西用網路找人代購就買得到了啦！」

「嗯……不完全是那個原因……也是想看一下現場的溫布敦。」

除了游泳，他還在學校開了網球課程。溫布敦是他的網球啟蒙。他說小時候電視上一出現那片宛如沾著水珠的綠油油發亮草地，便看得目不轉睛。只可惜培養一個網球選手在哪個年代都不是件容易的事，除了天分外，更重要的是背後的金援。而無論哪一個條件，他都不認為自己具備。

「但是聽說英國是美食沙漠，還有很多奇怪的黑暗料理。」

他其實很愛吃。隨著年紀增長、運動量減少，肚腩開始變得明顯。

「我知道有炸魚薯條。」

「比較著名的像是血布丁，不過這個是名字乍聽起來有點恐怖，實際上就是動物的血還有內臟什麼的……我覺得有一道食物還更奇怪，英文叫 mince pie，中文大部分翻譯成百果餡餅，但因為通常在聖誕節的時候吃，所以也叫聖誕餡餅。是一種加了絞肉以及果醬又鹹又甜的餡餅。」

「絞肉跟果醬……」他果然面露難色。

可是我不希望讓我們的這段回憶停在這道獵奇的料理。

「不過英國也是有一道我非常非常喜歡的甜點就是了。」

「嗯？」他輕嗯一聲，鬆開緊皺的眉頭。

「乳脂鬆糕。」

「乳汁鬆糕——乳汁？這才噁心吧！」

我愣怔一下才意會過來他搞錯了。

「不是那個乳汁啦，是脂肪的脂。」一邊解釋邊往他從背心肩帶露出的暗褐色乳頭用力捏一下。

事實上，如果雌激素夠多，男人也能分泌乳汁。

我泡在寬敞的溫泉浴缸裡望著他坐在木凳上洗頭的背影。

他說他原本不打算生孩子。

「你們有避孕嗎？」

他停止搓洗，抬起屁股把身體轉過來，頭頂上滿是泡沫，下體那根翹得老高，褪下的包皮讓人聯想到彈簧玩具。

「沒有。」他繼續按摩頭皮。

「幹。」這叫哪門子的「不打算生孩子」？

他解釋，要是可以選擇的話，自己不想要有孩子。

但他不能剝奪妻子對一個完整家庭的嚮往。那是她的權利。

以為不想要孩子這個念頭和他的性向有關，卻不是這樣。

他爸爸癌症過世，肺腺癌。

而他爸爸的媽媽也是癌症，胰臟癌。

據說他爸爸的爸爸的爸爸同樣是癌症。什麼癌不曉得，那年代大概連檢查都省了。

他覺得自己也有癌症體質，怕遺傳給孩子。

「不好的基因就應該留在我們這一代，不要繼續傳下去。」

「我覺得你說的對。」我不知道他還懂優生學。「不過說歸說，還不是管不住自己那根。」我吐槽他。

不過想想也對，在這個世界上，大多數人都需要一個相對位置，都希望自己的痛苦和不幸有一個明確的來源。

而很多時候那個供作參考的錨點，就是構成社會最基本的單位：家庭。

所以我揣測，阿原說的並不能代表他真正的想法。

不是說他虛偽或者沒有那份心機，而是在他毫無所悉甚至意見相左的潛意識裡，其實殷盼生兒育女擁有一個名正言順的家庭。

曾經，「個人」在社會上某種程度來說是不存在的，只是「成為家庭」前的暫時階段。

我很慶幸自己慢慢活到了之後的時代。

吃著從便利商店買回房間融化大半的冰淇淋，他問我是不是從來沒把自己當作老師。

我問他為什麼會這麼問。

「剛認識的時候說話就很隨便。」

「老師對不起，學生失禮了。」

我放下冰淇淋用雙手指尖把木湯匙掐直當作香朝他一拜。

他張大嘴豪邁一笑，圓形紙盒往桌上重重一放冰淇淋飛濺沾上桌面，打直腿從和式桌底下穿過踢了踢我的腳掌。

他的肌膚摩擦榻榻米沙沙沙令我起了雞皮疙瘩。

「欸——」他拉長尾音凹起自己的腳掌撥弄著我的，像是在嘗試握住。可是不管嘗試幾次都沒辦法成功。「哪天我教你仰式好不好？剩一個學一學。」

「我考慮一下。」我伸手往桌底下探，和他的腳趾十指交扣。

三天兩夜的旅行去了很多地方。

人愈少的地方愈吸引我們的目光。

我們在空無一人的海岸口交。肛交。

從前在國文課本讀到的「野合」在達到高潮的那刻竄入腦中。學生時期一度以為孔子是打野砲誕生的，想說哇靠還真猛。後來才知道所謂的野合並不是我們一群男生在底下竊竊發笑的那個意思。國文課才沒有那麼有趣。

但那次旅行最讓我難忘的不是這些。

是他的睡臉。

並肩躺在不熟悉的床鋪和枕頭上，漆黑房間裡身旁的他高挺鼻樑脊匯聚出一條猶如山間曙光般的纖細光邊。他發出沉穩鼾聲的睡臉。

明明是許多人經歷到厭煩的日常竟然會成為我最難忘的時刻。

那樣的日子終究是少數。

更多時候我們還是一起捱擠著彼此窩在那個地板滑膩汙垢一輩子也刷洗不掉的淋浴間。

隨著抽動力道增加，手臂的擺動幅度也跟著愈來愈大。最後怕一不小心太用力把自己拉出去，卻又不免感到心急——幫他打出來的話就可以結束了。

心裡的語氣聽來敷衍。其實不是不願意幫對方這點小忙——畢竟做愛不單單是一個人的事。

只是我特別喜歡結束以後，我們就著一隻蓮蓬頭交互拖著彼此沖澡，垂軟的同時最內裡又帶著些許堅韌的陽具在彼此身上自然摩擦輕輕撐開一小片肌膚。

我喜歡他叫我把手舉高再舉高一點幫我穿上衣服的時刻。

喜歡他將身體貼住我沉重呼吸時彷彿連心肺也跟著我的五臟六腑調音。

17

我以為一切就到此為止。

又或者，更精確的說法是：當知道案件規模擴大到超出自己能力所及的範圍之外後，便覺得一切都和自己無關了。不再急切關心。不會時不時思索後續種種。

回歸正常的生活。

一面想著一般人的同情心皆有其臨界值之類類似論文題目的事，悠悠掃視店內一圈。和幾天前播報那則爆炸性新聞一樣，只有熊編劇和年輕男業務兩桌客人。熊編劇一臉嚴肅瞅著筆電螢幕，手停在半空中半晌沒有敲下去。顯然遇到什麼難題。至於男業務則是在和一名年近五十的貴婦人打交道。年紀懸殊的兩人散發出來的氛圍頗為曖昧，男業務化身為公關似的唇角眼尾微勾帶媚。

貴婦人盈盈笑著離開座位，男業務堆著笑跟上前來，手作勢往西裝內側口袋伸去卻自然而然切換成慢動作遲遲沒有掏出皮夾。女人結清帳單推門離開。男業務臉立刻垮下來，表情憮然，加點一杯咖啡冰沙。這是他今天喝的第五杯咖啡冰沙。是不是應該提醒他注意咖啡因攝取量呢？畢竟我們店裡用的是真正的濃縮咖啡。

「欸、欸——快、快開電視！」正在滑手機的男業務突然大聲喊道，瞪直的雙眼像是當年大樂透第一次透過電視直播開獎。

一旁的熊編劇倒是不動如山——還是熊也會睜著眼睛睡覺？都說眼見為憑。還真的沒親眼見過熊睡著的模樣。

聲音刺亮——沒想到能這樣形容聲音。原來是店長打開電視。男業務一個箭步衝到櫃檯前。

「記者現在人在——」同樣的話語，同樣的語氣。如果不是這會兒天空烏陰，我大概會以為時間不小心被倒轉了。

「再大聲一點！」和男業務發出的聲音同時，店長轉大電視音量。兩種聲音的音頻有那麼一剎那疊合在一起，搗弄耳膜產生嗡嗡共鳴讓人頭暈目眩。

熊編劇終於醒了，他推了推眼鏡，起身踱來男業務身後。

「靠……」我很少用這個字。心中V.O.暫且不提，親口說出來的次數屈指可數。

「謝謝宥婷我們現在連線到——」主播字句之間沒有絲毫停頓。她比任何人都急。

畫面才剛切回主播檯，又旋即從明亮的攝影棚轉開，來到另一個昏天暗地的地方。

我們四個人踮起腳尖瞇細眼睛想看得更清楚。

「記者現在人在——」

明明聽不見彼此的播報，擔心氣勢被同一時間在其它現場SNG連線的同事壓過去，另一名記者以高亢的聲音不甘示弱說道——幾乎是尖叫。

「記者現在人在——」

「記者現在人在——」

鏡頭不斷切換，螢幕上輪番出現不同的記者，猶如一場無止盡的接力。

同樣的話語，同樣的語氣——甚至讓人頓時眼花懷疑是不是全是同一個人？

每個記者都像是彼此的分身。

惡夢就像心臟病遊戲撲克牌一張張快速堆疊上去，直到對上正確數字的那瞬間，砰！一聲爆發開來。

在無限迴圈不停轉換的新聞畫面當中，是一座又一座被接連抽乾的湖泊。在地表上形成一顆又一顆巨大的窟窿。簡直像是被炸彈或者隕石轟炸過一樣。也像是被挖掉眼珠子深深凹陷下去的眼窩——透過液晶螢幕遠遠望進去，一枚又一枚沿著坡度攀附的白色人繭縮得極小極小極小，彷彿從腐爛肉裡孵化出的白色蛆蟲。

男業務從喉嚨深處發出咕嚕嚕咕嚕嚕的奇怪聲音，半秒後轉身拔腿奔向廁所。

熊編劇嘴巴半張著，目不轉睛盯著吊懸在上方的電視。

Q

阿原是那種你一叫他看書就呵欠連連的人。

但我並不討厭。

我從來沒想過自己有一天會被一個不看書的人吸引。

吉田修一的小說《星期天們》裡頭有這麼一段話：愛著某個人，並不是漸漸愈來愈喜歡他，而是愈來愈無法討厭他。

想起這段話的時候，覺得自己幾近溺斃。

「我一直想不通。」

「想不通什麼？」

「想不通為什麼你這麼喜歡看書？特別是小說。又不是語言學習的參考書還是財經雜誌什麼的……讀這些東西什麼都得不到，還不如去打工。要的話我可以幫你介紹。」

「我有在打工啊。」我答道。

當時的自己只能這樣回答他。

如果是現在的我，可以給出更完整的答覆：閱讀不是為了獲得什麼，而是為了不失去什麼。
其實潛意識裡很早很早就知道了。只是直到現在才有辦法歸納成這兩句話。
他從身後抱住我。單人床大小的鐵床被我們兩個人塞得滿滿的。他後背的肌肉溢出邊框好像要往下流。
中秋連假，大學校園轉眼化作空城。宿舍整層樓只剩下自己留守。
「我去陪你。」
簡訊裡這麼說。
「你確定？」
「確定。」
「不陪家人沒關係嗎？」
我又傳回去。
「反正又不是第一次翹掉。」再得到回應時，他已經來到房門口。
汗濕淋漓的他手上提著龍門凍圓和永川牛肉麵。每個在中壢唸大學的學生必吃的經典宵夜組合。
湯頭辣到咬舌。凍圓裡的冰全都溶化。
我覺得自己做了壞事。
不是因為喜歡男人。

不是因為成為別人婚姻裡的第三者——他身上有某些部分永遠是屬於她的。

沖完澡，他光著身子出來。我找了件衣服給他，穿起來太緊，從T恤下襬露出的飽滿小腹讓我好想幹他。再一次。

搬來室友的椅子，我們並肩看著花了兩天時間總算下載到百分之百的盜版電影。《我的希臘婚禮》。被其中一段話打動：不要讓過去影響你，要讓過去成為你未來的一部分。停下倒轉在筆記本上抄下原文——Don't let past influence you, make past be part of your future.

早在我停下電影前，他就已經分心了。不喜歡小說，也不喜歡電影。

問他喜歡什麼，他只會說喜歡我。

「撩」這個字還沒開始流行的時候，他逮到機會就撩我。

和我之前與之後遇到的所有對象不同，他是唯一一個會向我撒嬌的人。

該說是愚蠢，還是勇敢呢？

他難道不怕一撒嬌我就閃人嗎？

發洩完彼此的精力，他窩在我胸口和腹部凹折出來的空間，低語分析自己之所以喜歡男人，或許和小時候外公走失有關。

我邊聽邊抓來遙控器調低冷氣溫度。

忘記確切的時間點，總之，從某一天開始，從前和藹慈祥的外公突然變得很兇、還會對他動粗，邊胡言亂語邊在房間翻箱倒櫃——根本就是被鬼附身。

「不是開玩笑，我爸媽真的帶他去收過好幾次驚，還找附近的師父來家裡看過。好像是從道觀還是什麼地方請來的。」阿原用述說鄉野怪談的語氣絮絮叨叨說道。「後來，是隔壁在汽車經銷商當業務的大叔建議，讓我爸媽帶他去醫院給醫生好好看一看，說不定是腦袋出問題——結果，真的是腦袋出問題。」

那是我第一次聽到所謂的「黃昏症候群」。上網搜尋資料，得知又被稱為「日落症候群」，Sundown Syndrome。是指失智者相較於白天，在黃昏傍晚時分，容易出現嚴重的焦躁、激動、易怒、吵鬧、大叫或者意識混亂等情形。據說跟患者本身的生理時鐘紊亂有關。

「因為阿嬤離開得早，我們家又是雙薪家庭，再加上我是獨生子，所以看顧阿公的責任自然落在我身上。我還沒上國中，家裡只有我一個人。」他悶著頭往我身體鑽，胃好像要被推到肋骨上方。「他們要我不要怕阿公，說什麼阿公只是生病而已。」

「他是你阿公。」我擠出回應。

「我知道。可是對我來說，那個人已經不是阿公了。」

他不是他有什麼關係。你還是你就好。

這次我沒有應聲，只是壓低後頸輕輕舔著他變得稀疏的髮漩。

「我常偷溜出去。丟他一個人在家。我老家在鄉下，人不多很封閉，走丟也可以很快找回來——」阿原停頓一下接續方才未竟的尾音說道：「我以為是這樣。」

「所以、不是這樣嗎？」我噘起嘴唇輕輕啄著他的頭殼。

換我鑽進去看他想些什麼。

不用我鑽，他掏。「他死了。倒在廚房。撞到頭。」

他們說如果早一點發現的話就不會死了。

我想安慰他，他們對每個人都這麼說：早一點怎樣就不會怎樣了——諸如此類的句型往後的人生還會遇到很多很多。

「我覺得自己失去了一樣永遠無法彌補的東西。」

是啊，這樣的東西是最可怕的。

「我覺得你應該回去。」我說。回家。

18

「這是我這輩子遇過最離奇的事。」

「你一輩子還長呢。」店長接在我的語尾後迅速說道。好像在拍電影。排練得過於順暢的台詞。

然而，不管一輩子是長或短，我都有自信：再也不可能遇到比這更荒誕詭異、甚至帶著點魔幻迷離色彩的事。

「一定會登上世界各國的新聞版面。搞不好還全部都是頭條。」我托著臉頰，手肘支在櫃檯上，抬眼瞄向站在內側不曉得到底在收拾什麼東西的他。

店內早已空無一人。還要半小時才打烊。

「現在應該早就在網路上傳瘋了。臉書、LINE、Instagram、Twitter什麼的。說不定還會上微博。」他開始整理杯子。說起來，那好像是我的工作。

「可惜我英文不好——啊、搞不好還會變成都市傳說。」

「這些案件又不是只發生在都市，很多是在山上、廢墟……」

「要不然……鄉野傳奇？廢墟也算是都市裡的深山。」我漫無邊際說著一些玩笑話，好像藉此能把現實感稍微拉回來一點。

鈴鐺用力搖響。有人推門闖進來。

看都不用看，是莉娜裘莉。

店長為我們倒了兩杯熱伯爵茶，佛手柑的氣味有助於安定情緒。

「我覺得自己真的很沒用耶。」莉娜裘莉搬來一張高腳椅在我旁邊坐下，手提包隨手往椅腳一放。人果然會成長。比起先前純粹的沮喪，這回沮喪中還挾帶著憤怒。

我啜飲一口熱茶，問道：「妳知道五月二十五號是什麼日子嗎？」

「不知道。」她皺著眉，擺明在譴責我轉移話題。

「國際失蹤兒童日。」但其實我沒有打算轉移話題。緊接著又問：「妳猜一下——國際失蹤老人日是幾月幾號？」

「不知道——九月九號？」莉娜裘莉說完自己先笑了。她慢慢轉動著雙掌間的日本製骨瓷杯。

「你明明知道我最討厭猜來猜去。」

「沒有喔。國際失蹤老人日。」我淡淡一笑。「沒有那種日子。」

「沒有……」

要是平常，她一定以為我在耍自己。

「所以我覺得妳……很了不起。」我用平靜的目光注視著她。「妳領先整個世界關懷這些人，那不是外在的人事物可以輕易決定的。好比即使我知道哪天是國際失蹤兒童日，可是我卻沒有任何實際作為去改善這種情況……但是妳不一樣。妳確確實實為了這個議題，在社會上提供了一份力量。這才是『善良』真正具有價值的部分。」

「你也很善良啊……我知道你偶爾也會小額捐款。」

「不，不是這樣的……這麼說的話——妳做這些事也是有薪水領啊！」我咧嘴笑開。

「說的也是。不過……這麼說可能有點奇怪……這份薪水，某種程度上讓我確定了自己在做的事，是正確的。」

「我想……或許表示這樣的趨勢確實正在成為社會體制的一環——雖然扣得夠不夠緊就是另一回事了。」我再度持起杯子，卻遲遲沒有就口。

莉娜裘莉的眼神流轉至我身上。我知道她在說「謝謝」。她終於喝一口茶，一直緊繃著的身體這才鬆開。俯視著我們的店長莫名露出一臉心滿意足、欣慰的家長表情。

想起什麼似的，莉娜裘莉放下茶杯抓來手機，用大拇指敲了敲螢幕。

「這上面吵翻了——」

想也知道她指的是哪個網頁。

「有一篇最新的貼文……好像是報導，不知道誰寫的，篇幅挺長的……說已經有不少人跑到刑事局前面抗議、可能是有人在臉書上組織的活動……說都是因為警方封鎖消息，才會導致這麼多人犧牲。」

「不過一個人真的有辦法殺這麼多人嗎？而且被害人還遍佈整個台灣。想像起來好像太不可思議。」店長沉聲呢喃著，比起跟我們討論看起來更像是在和自己自問自答。

確實，太不可思議。

全台各地的湖泊，居然發現了遭到同一種手法殺害的被害者。

不過在我看來，真正切要的問題並不在於一個人是不是有辦法殺這麼多人，而是……一個人是不是真的會有那麼多人想殺？

也因此我忽然有了一個靈感。

一個細思恐極、可以說是近似天方夜譚的靈感。

「這上面說——雖然解剖尚未結束，不過根據已完成的部分、目前得到的資料顯示，死者彼此的死亡時間的年代跨度很大。有死亡將近二十多年的，也有還依稀看得出容貌死亡不超過一個禮拜的……除了死因和棄屍手法，還有一處共通的地方，那就是死者都在六十五歲以上……」

還真的被之前那篇文章說中了——

不，還是撰文者不曉得先一步透過什麼管道，取得東海湖那批死者的屍檢資訊而做出大膽研判。

畢竟東海湖的「個案」情況，很大可能是能夠詮釋「整體」湖底詭屍案的縮影。

以此案為例，年齡結構一目了然……

「那篇貼文的資料這麼詳細？會不會太精確了？警方已經出面公開說明了嗎？」

店長指出的疑點正是我剛剛對撰文者的推測。

「案子愈大，參與調查的人員就愈多，當然，走漏消息的可能性也會大幅提升。」我見怪不怪地說道。

杯子被莉娜裘莉握緊的同時好像變得更燙，茶水熱氣蒸騰的速度也跟著快起來。

「真的……這些案子真的有可能是同一個兇手做的嗎？為什麼要走遍整個台灣？為什麼要殺這麼多人？這些人、好多好多人，他們之間真的會有什麼關聯嗎？如果不是、又要怎麼解釋……犯案手法都一樣……都是用膠帶把那些人活生生綑起來。真的會有……真的會有這麼湊巧的事？」

莉娜裘莉一連說好幾次「真的」，讓「真的」聽久了，反而不大像「真的」。

心理學有一個專有名詞：語義飽和。也稱為「完形崩壞」。意即同一個字看久了容易產生錯覺，變得反而不認識這個字。舉個例子說明，有些人若是長時間盯著一整片「牆牆牆」看，可能會一時間覺得「牆」這個字好陌生，甚至拿筆要他們立刻在紙上書寫也會突然不知道從何下筆。

「如果犯罪也有所謂的『集體潛意識』，或許就解釋得通了。」我試著整理自己剛剛萌生，對於案情的奇想解釋。

「集體潛意識？」店長和莉娜裘莉異口同聲，頭也跟著歪往同一個方向。

是有沒有必要這麼滑稽？

「嗯……我想一下……應該要怎麼解釋比較容易理解……好比雖然是全世界不同地方的種族，歐洲、亞洲、美洲甚至是南半球的澳洲，可是在古代神話當中，都不約而同出現關於『射日』的情節。也經常把太陽和鳥的意象聯結在一起——也就是所謂的『金烏』。又或者不同的大河文明之間，和『洪水』相關的傳說也存在著許多相似的部分。」

「太陽……還有河流……果然是神話，都是很大、宏觀的目標……」

「沒錯，妳抓到重點了。太陽和河流是不管身在全世界哪個地方的人幾乎都看得到、感受得到的。『共通性』，是這個理論的關鍵。人們必須要有『共同的體驗』作為大前提才行……簡單來說，不同的個體對於同一件事物不約而同產生同一種情感，就是集體潛意識。這是不需要特意教育的——我問妳，犯罪的起因是什麼？給我一個最純粹的理由：人為什麼要殺人？」

「恨？」

當然是恨。

「這不就是全世界共通的情感嗎？」

「乍聽起來好像挺有道理的……可是我自己是、情感上不大能接受的樣子……總覺得你這種說法像一門『邪說』。」莉娜裘莉咕噥道，頭快折到腰部去了。

「很多學問在當時的時代氛圍以及學術限制等背景知識不夠充分的情況下，看起來都像是『邪說』。」

老實說，方才提出的論調我自己也沒有太大把握。畢竟所謂的「社會學」，就是觀察社會提出觀點描述現象。我也只是提出自己的觀點，能驗證此一觀點是對或錯的，到頭來只有社會本身——當然所有觀察皆有時間因子附著其上。

「所以按照你剛剛的說法，你的意思是，儘管每個兇手都是出自不同的犯罪動機，但是基於『犯罪的集體潛意識』理論——他們使用了同一種手段行兇？」

「對。例如雖然殺人的手段有那麼多種，但是用大分類劃分的話，依然可以分為刀傷、勒死、下毒、槍擊……等幾項。人會選擇用哪種方式行兇，其實是能夠分類的。而那些人，只是不約而同選擇了那種方式。」

驚世駭俗的方式。

說不定在更遙遠更遙遠的未來，「繭殺」也會成為大分類之一。

到時候……會是一個什麼樣子的社會呢？

「那篇文章還說了什麼嗎？」店長打斷我們眼看就要失控的討論。

莉娜裘莉匆匆看回手機，指頭下意識摳弄橡膠手機套凸起的邊框。

「這裡面說……警方將打撈起來的死者進行失蹤人口的比對後，發現了幾件配對成功的例子……」

「有被報失蹤人口的，比較起來還算是幸運一點吧。」我忍不住感嘆道。

明明沒有調侃的意思，語末尾音卻稍稍上揚。

「連不幸都有比較級。」明白我的意思，店長低聲附和道。

「下水道一個城市的良心；老人境遇是一個社會的良心。」太裝腔作勢，連自己都受不了，我將剩下的伯爵茶一飲而盡。杯底部分帶著難以形容的酸澀，胃酸好像快衝上來了。

「誰說的？」莉娜裘莉手肘抵過來。

「雨果，不過——」我答道。將杯子喀一聲放回底盤。「後半句是我自己加的。」

19

儘管機會渺茫，還是想試著做些什麼事。

好像意識到某個一直知道存在的問題，到了這個時間點必須得去解決。

並不否認——或許是因為夢見那些除了自己以外不應該繼續變老的人。

好奇妙。如今反而能接受，看到老去的自己了。

然後才意識到，漫長時間以來，都對於自己相處過的對象不夠了解。

或者說，至少、曾經一度有興趣了解。

童年家庭生活，學生時的種種，當兵服役異男忘，到出社會工作打滾……

這些過程有創傷也有溫暖。有拳打腳踢也有相濡以沫。

最後，不管是什麼，全放棄去了解。

因為往往弄清楚對方究竟是個什麼樣的人、背負著什麼樣的過往甚或構築著什麼樣的未來以後，便避無可避地覺得自己必須妥協、配合、放棄些什麼。

我不想。所以總是在通往了解一個人的路途中折返。在快要算出答案之前，把整張考卷撕掉。

也是現在才想通，原來接納一個人進入自己的生命，從來不用真正了解對方。只要不要放棄「去試圖了解對方」就夠了。

一旦不再去試圖了解對方，我們能打從心底愛著的，終究不會是「某個人」，而只會是那個「愛著某個人的自己」。到最後，就只有自己。

阿成人生中最大的坎——最關鍵的「失去」，是他的妹妹。他下落不明的妹妹。

他可以在我面前迴避這個問題。可是我不行。

我在Google搜尋格內輸入「張心澄」。阿成妹妹的名字。

這名字是從莉娜裘莉那裡問來的，她說從前和阿成交往時聽他提過，一次，覺得很好聽就記了起來。

「我當時還想啊，要是我們未來結婚生了個女兒，就可以取這個名字。對他來說也算是一種補償吧？」她這麼說道。口吻罕見地認真，讓我很難吐槽說欸人家現在愛的是男人。是我。

搜尋結果出爐。查無所獲。

畢竟是十多年前的失蹤事件，當時網路還不盛行，找不到資料是意料中的發展。

但我還不打算放棄，在看到那麼多無家可歸的無名屍以後，我想知道阿成生命中那個重要的人消失去了哪裡。每個被深愛著的人都值得搭上一個結局，猶如每顆切割好的寶石都應該被嵌入一座戒台。

搭捷運來到學校圖書館，用學校帳號登入報社的新聞資料庫。

如果不是在校生，年代較為久遠的資料通常需要付費才能查詢。

找到了。

呈現在眼前的答案令人訝異。

他妹妹並不是失蹤，而是——死了。

應該說，他妹妹確實曾經失蹤過，但三天後返家，不久便被一輛水藍色發財車撞死。

根據駕駛和目擊者指出，是她自己衝進車流之中。也就是：自殺。

我鬆開滑鼠，重重倒向椅背。

阿成已經無法想像她變老的模樣了。

20

回過神發現這是哪裡。

不知不覺走到了這裡。

或許是因為知道某個人的結局，才會無意識地來到某個故事的開端。

前面巷口轉彎，再走一小段路就是吳大哥經營的銀髮樂活教室。

不，不應該說是「經營」。總覺得這個詞太市儈，「開設」這個動詞貼切許多。

咦？

拐進巷子，前方不遠處有一道熟悉的身影。是莉娜裘莉。

毫無預警，她轉過身來。如果不是一起游過泳看她穿過比基尼，我大概會以為她背上長了隻眼睛才會發現自己。不，就算真的長了隻眼睛，也被衣服遮著。真要說起來，眼睛藏在後腦杓的可能性還大些，倘若把頭髮撥開的話搞不好會有一雙——

「也太巧！」她停在原地等我走上前。

「如果我愛的是女生，這樣的巧合一定會讓我們相愛——戲不都這樣演？」

「你真的很愛演耶！」她用「凝眼」雙關虧我，往前邁出的腳步看起來格外用力，彷彿接連踢著一顆無形的小石子。「你也來找吳大哥吸收正能量啊？」

「最近好像負能量比較夯。」

「白馬最夯啦！」

「拜託，妳是哪個年代的人啊？不要在其它人面前這樣說，丟臉死了。」

「你看前面！」不理會我的揶揄，她搭住我的手臂，嚷著。她的掌心出乎意料的冰。

只見之前來找我們問話的中年警員和年輕警員肩並肩杵在教室門口。一個背脊挺直，一個踩著三七步無賴站姿。捱在他們身後一直想往屋裡頭擠的，是蔡爺爺那個吵吵鬧鬧讓人想呼一巴掌的媳婦。至於那個氣虛體弱的瘦竹竿兒子則一如往常閃得遠遠的，靠在牆邊嘴裡叼根尾巴往下垂墜的菸，也不知道有沒有點燃。

「一定是他！就是他！殺死我爸的兇手一定就是這個男的！」女人指著吳大哥，一雙魚眼都要瞪出來。

「蔡太太、請妳先冷靜一下……」年輕警員安撫道。

果然是菜鳥。要別人冷靜的時候，最忌諱叫對方冷靜。

「最好是會有人這麼好心！」看吧看吧，那女人更激動了。一發不可收拾。「笑死人了怎麼可能嘛！怎麼可能這麼好心？開什麼免錢的教室……水電不用錢？房子土地不用錢？我光呼吸就要錢了！」

什麼事都沒發生的時候，她不是巴不得蔡爺爺整天都待在這裡嗎？有人幫忙看著顧著最好。還免錢。

「蔡太太、我真的……真的沒有——」

不給吳大哥解釋的機會，女人歇斯底里繼續高聲咆哮道：「好啊你說！那你說我爸的存摺在哪裡？還有印章呢？你說啊——說啊！在哪裡？哪裡啊？他給你了對不對？對不對？不對，是你、是你從我爸那邊騙過來的對吧？啊、啊、啊！我知道了，警察大人，這男的就是想從那些什麼都搞不清楚的老人那邊騙錢……高齡、高齡詐騙對吧？還是你是gay？」

我還真的沒聽過「高齡詐騙」這個詞——待會兒記得搜尋一下。

還有、這又關gay什麼事？不是每個有了一點年紀的未婚男女都是同志ＯＫ？

「真的、蔡太太、真的和吳先生沒有關係，這起命案目前我們警方正在全力偵辦中，相信很快就會有結果。」

「偵辦？就憑你們？偵辦個鬼啊？」

「再吵小心對方反過來告妳——」中年警員終於出聲。他扭著下半張臉像是牙縫裡卡著菜渣。

「還是要我們依照妨礙公務罪請妳回局裡坐坐？」

「你敢？你們敢的話就試試看啊！你以為我怕你們啊？小心我叫媒體過來！叫你們大人是給你們

面子！你們還以為——」

「回去。」男子將香菸直接吐在地上，衝著女人的背說道。

爸爸死了，兒子才硬起來啊。

想想也是，從今往後有好長一段時間，他再也沒有把柄落在對方手上了。女人似乎也意識到一時半刻吵不出什麼好處來，悻悻然和老公一起離開。這齣鬧劇終於暫時落幕。那對夫妻離開前還瞄我們一眼，顯然已經不記得我和莉娜裘莉。在他們眼中，我們大概只是對稀鬆平常的情侶。

「是你們……」年輕警員露出鬆一口氣的表情。

「回去了回去了！煩都煩死了。幹。什麼鳥事。」中年警員邊抓搔耳後邊抱怨道。

「最近很忙吧？」我順口一問。「一直看到新聞在報……」

「嗯、很多事……大家現在壓力應該都還挺大的……」年輕警員禮貌附和一聲。

「壓力喔？對不少人——對那些家屬來說應該是發了一筆意外之財吧？」中年警員冷笑著，挖了挖鼻孔——他好像全身上下哪裡都癢。「那些失蹤還未滿十年的，現在找到了確認死了，保險就可以立刻理賠了。」

想起前些時候南下台中和店長說的玩笑話——居然會成真。

我望向吳大哥，他也剛好望向我，眼神無奈。

成真的總是玩笑話。

「還有啊……那個……嗯、你們……該怎麼說比較好……反正你們其實不用那麼關心蔡老先生……」左右張望後，年輕警員支支吾吾壓低聲音咕噥著，眉頭深鎖的他好似正在猶豫該不該說出下面的話。但深吸一口氣後，還是選擇告知我們。「蔡老先生他……他呢、以前改過名字……那不是他的本名，他以前不叫蔡漢杰，之所以改名是因為……」

「幹！還什麼蔡老先生……操你老師！是蔡、人、渣。人渣懂嗎？那對白癡夫妻還以為自己的爸爸是什麼好東西？操你媽的！」中年警員倏然發飆，破口大罵。

為什麼反應突然變得這麼激烈？

心中浮現疑惑和強烈不祥預感的同時，年輕警員的聲音再度於耳側響起——

「他以前……改名前，被判過刑。是性侵罪。」

R

哲學家蕭沆說過：善良者不會創造，他們缺乏想像力。

所以每個創作者必然挾帶或大或小的惡意。

到最後，亞伯拉罕和阿原都沒有成為我的初戀。

一個無法給我想要的愛。

一個無法給我想要的愛。

如果要試著形容「命運」這樣抽象的詞彙，也許自己會引用葉慈的詩句：The best lack all conviction, while the worst are full of passionate intensity。意思是，最好的人全然缺乏信念，但最壞的卻充滿強烈的熱情。

無論是好或壞，他們幫助我成為現在更加圓融以追求幸福為目標的自己。

我要對一切充滿感激。

說到命運，就不得不提自己後來找過阿原。

那年夏天剛辦了第一次休學。總覺得從高中畢業進入大學再接著到研究所，這段時間一直把太多東西往裡頭塞。想勻出一段時間好把腦袋裡雜七雜八的什麼徹底清空，看能不能讓一切重新來過。

練習把自己放空。練習著練習著，不曉得是宅在房間裡的第幾天，一點預兆也沒有，像是扭開水龍頭水自然流瀉而出一樣，忽然就想起了那個人。

阿原。

開啟筆電，復健般慢慢敲打鍵盤，彷彿還在適應螢幕上從自己近在眼前的指尖一一延伸而出成形的文字。我把背稍稍挺直，好像連天花板上的燈泡熱度變化都能感覺到。忘了阿原的本名，連姓氏都不記得。點進大學網站也找不到關於他的教師資訊。索性組合幾個關鍵詞輸入搜尋引擎反覆嘗試。

找到了。

他的本名。

得知他的本名以後，才敢真正開始找他。

久違地回到位於中壢半山腰的大學。我是那種畢業以後就不會回母校的類型。

公車編號和以前不同，沿途停的站倒是都沒變。

體育老師的辦公室還在同一個地方，舊禮堂的左側。進去時差點反射性喊出「報告」，還好及時想起來如今沒有這個必要。都已經是（半個）社會人士了。

辦公室冷冷清清，只有三個人，一個明顯是來打工的學生。另外兩名老師則穿著搞得像是制服一樣的素色POLO衫。向其中一位較年長的男人說明來意想找某某老師，對方一臉癡呆只差沒滴口水。

看來阿原真的離開了這間學校，怪不得網站上的資料被撤下來。尷尬道謝後匆匆離開準備去搭公車，順利的話能搭到三分鐘後的那班。

有人在走廊喊住我，聲音清亮，是年輕的那個。他的皮膚曬成褐麥色，眼睛很大顆，眼白部分白得發亮。他說他認識阿原。

原來，他和我一樣，曾經是阿原的學生。他知道阿原去了哪裡。

啊、不，不對，他知道的僅僅是阿原過世了這件事。不知道死後他去的到底是天堂還是地獄。

阿原最終沒有死於他最害怕的癌症。

是在淋浴間摔死的。

警方最後推測是淋浴間地板長年濕滑，再加上排水系統老舊積水退得慢，正在盥洗的阿原一不小心滑倒後腦杓受到強烈撞擊所導致的顱內出血。

阿原的妻子不相信老公會在最熟悉的地方發生意外，吵著要看監視器。淋浴間當然沒有監視器，游泳池裝設監視器的區域有泳池、置物間以及人潮出入的大門口。調閱監視器畫面後發現，傍晚時候的游泳池空蕩蕩的，不一會兒，當時那名打１１９的男學生全身光溜溜從淋浴室裡衝出來。

有著褐麥色肌膚的男子沒有繼續往下說，但我能想像那名男學生驚慌失措跑動時那根昂揚勃起的陰莖跟著上下彈動的畫面。我知道阿原跟那個男學生在搞什麼鬼。我們曾經也擁有那樣的關係。在別人的故事裡看見自己的經歷，這種感覺十分微妙，像靈魂出竅。不曉得乍然清醒之際身體會不會產生一股突如其來的強烈失重感。

盯著眼前的男子看，不曉得同樣是阿原學生的他，有沒有和他在一起過？

說不定跟對方打一砲就能知道答案。

我不只一次這麼想。

從前和亞伯拉罕在一起，每當自己覺得他和某些人走得太近（那張臉整到比藝人還像藝人、渾身肉感十足炸裂衣褲的胸腹大腿肌……），懷疑他們之間存在曖昧關係的時候，就湧起衝動想和那些「嫌疑人」全發生一輪肉體關係。現在想來，不知道從哪裡來的自信，認為自己如此了解另一半，深到得以在別人身上蒐集到片段的線索。

「謝謝。」

我謝謝他告訴我阿原的死訊。

明明不在一起這麼多年，卻好像直到今天這一刻才清清楚楚分開。

代價是錯過那班公車。

我退到後方稀疏斑駁的樹蔭底下，手裡撈著的是褐麥色男子方才遞過來的名片。

我試圖撕掉這張名片。不過他選用的材質異常難撕，最後乾脆把擰得歪七扭八爬滿皺褶的名片扔進附近的排水溝。背過身走幾步，想了想，又折返回去，在宛如鑄鐵柵欄的排水溝前蹲下。那張折翹起來的名片邊緣鋒利發亮。間隔太窄手指穿不過去。鐵閘門另一側淺淺的水流涓涓流動，上頭錯落幾

S

這家位於學校後門，從前和阿原一起來過的家庭式小店竟然還在。

不管他同不同意，我都認為那是我們第一次約會。

明明是一樣的店，感覺卻更寬敞了。在同樣的座位坐下，對方菜單還來不及遞上，我便點了鯖魚一夜干。多了不少白髮的老闆看起來有些驚訝，遲疑一下才回答不好意思現在沒賣一夜干了。

大概很久以前就沒賣了吧。

對他來說，我像是不小心從過去迷路穿越到現在的人。

我確實是。

老闆送上熱麥茶後低聲說了句請稍候轉身鑽進廚房。

空間還是維持得很整潔，卻不知怎地少了一些「人味」。

我猜想這幾年老闆可能也失去了某個誰。或者某些誰。往前走的路途中能碰到的就淨是這些鳥事而已。

店裡很安靜，過了午餐時段上門客人僅有自己一人。等待送餐的片刻空檔裡，窗外陽光穿過格子玻璃折射成一絲絲線，恍若置身一顆名為「時間」的巨大光繭之中，想起小時候養的蠶寶寶。

蠶為什麼會吐絲結繭呢？

當時只覺得神奇，壓根兒沒進一步思慮的問題，長大成人後卻無端在意起來。

喝一口麥茶，除了蠶以外想不出其它會和牠做出一樣怪事的昆蟲。

要是昆蟲界也懂歧視、跟上霸凌流行的話，蠶就是無法適應這個社會，怪胎中的怪胎。

上網查了資料，找到兩派說法。第一種是蠶在成長過程中會攝取大量的蛋白質，其吐出的絲線便是由胺基酸所組成。倘若胺基酸在體內累積過多，將會致使蠶本身中毒，所以蠶吐絲的行為實際上可以視作一項「排毒」機制。

至於另一個觀點則較為普遍，認為蠶在成為蛹的階段會失去行動能力任人宰割，是極其脆弱的型態，故此必須織繭來防範天敵。

理由不同，但都是利己。

想到這裡忽然在意起另一樁事。

當然還是求助Google。

蠶絲從古至今都具有很高的經濟價值，可是蠶絲究竟要如何取得？

怎麼真真正正地去「抽絲剝繭」？

印象中，課本提到早期最常使用的方式是把蠶繭泡進熱水燙軟抽絲。

當時沒有同學提問，這步驟是等待飛蛾破繭而出後才進行，又或者——

答案揭曉。

是活生生燙死牠們。

不全然是為了趕時間拚經濟，蛾為了繁衍後代而產下的卵很大可能弄髒蠶繭——不過最關鍵的原因還是在於：蛾破繭時所分泌出的液體會弄斷原本綿延不絕一體成形的蠶絲破壞結構（故此抽絲是正確的而剝繭是愚蠢的），開洞缺損的蠶繭將會大幅度降低其商業價值。

還有另一個辦法……不曉得算不算是配合資本主義而與時俱進的新手段。說起來大抵類似期貨的概念。某些繭商為了囤積蠶繭以供未來販賣，首要任務是避免蠶繭在存放期間蛻蛹成蛾。要預防這件事，必須使用烘繭設備，透過高溫烘烤直接熱死藏繭其中的活蛹——還可以順便去除多餘的水分，最後再將烘乾的蠶繭包裝運到倉庫抑或繅絲廠保存。

不是溺斃就是悶死。

實在無法衡量哪個作法比較仁慈一點。

餐還沒送來，還有一些時間。再仔細搜尋。

「啊……」

原來也有不殺死蠶而取得繭絲的方法。

用這種方式獲得的繭被稱為「平面繭」，實際操作是這樣的：在蠶即將結繭以前先一步將蠶固定在平面板上令蠶失去支點，如此一來蠶就無法把自己用繭包裹起來，最後只得直接吐絲在平面板上。

「這種蠶到死都不知道自己在忙什麼。」

一位網友寫下這樣的留言。

對我來說透過文字描述想像那些蠶吐絲的模樣，其實是有難度的。

但那位網友的話卻直直敲進自己的心中。

自己當初就是因為萌生這樣的困惑才會毅然決然休學。

只是當時的自己沒有意識到，更遑論用言語文字表述。

窗外的陽光仍然那樣燦亮，時間再往前走一點天色會被染上百合花花蕊粉般的黃。

想了想，繭的遭遇或許也沒那麼悲觀。甚至可以是對人生最好的隱喻。

把生命裡遭遇到糟糕的人事物統統纏裹起來，浴火重生後，那些曾經束縛著舊的自己的一切都將化作華美的絲綢。

好比小時候的床邊故事，仙女拿走羽衣後飛升入天。有學者詮釋那是女性主權覺醒從家庭出走的象徵，但所謂的女性，在這個時代指的不再單單只是女人。

「麥茶不夠可以再加。」老闆送餐的同時提醒一句。

眼前豬排飯冒著水霧霧的熱氣。要是彼時便認識阿成借來他那副眼鏡戴就可以藏住自己的眼睛。

T

亞伯拉罕死後，我過父親。

那是高三畢業以後頭一遭。

我以為自己早就當他死了。原來根本不是。

所以得知阿原死的時候，才覺得自己欠了他一點什麼。

亞伯拉罕那回，出發找父親前，回過老家一趟。就是覺得應該回去一趟。

那時媽失智的情況還沒有那麼嚴重，我心中甚至浮現一種「之前的診斷是醫生在跟我們開玩笑」的錯覺——同樣的營養品吃了兩遍，偶爾不記得把老花眼鏡放在哪裡，抑或說過的事情一說再說。整體而言和從前並沒有大太不同。

每次回來，她都會問我：回來幹嘛？

知道她並不是不歡迎我回來，而是真的想知道我是為了什麼回來。

但每次被她這麼一問，都覺得自己像個做錯事的小孩。

漸漸地，也感覺自己是不是不應該回來。或者太常回來。

兩次站在台中老家門前，小阿姨剛好都在彈琴。

第一次，彈的是她最愛的蕭邦，練習曲作品10第3號——這首曲子，多數人較為熟知的名字應該是〈別離曲〉，許多影視作品經常選用的配樂。

第二次，仍舊是蕭邦。鋼琴前奏曲〈雨滴〉。聽小阿姨說有些音樂家不將前奏曲視為正式的作品，認為結構不夠講究、嚴謹。但這不關我的事。依稀記得蕭邦一共譜寫二十多首前奏曲，其中我最喜歡的就是這首。

從來不記得鑰匙丟去哪裡，無論哪次，都是站在門前等彈奏結束最後一枚餘音在耳底消散才按下電鈴。

像是被戳醒一樣，音質粗劣的小貓又跳起舞來。讓人一瞬間成功回到現實人生。

小阿姨不擅長廚藝，她對別人的關心全藉著水果表達。

「你先吃水果，我出去買一下午餐。鴨肉飯ＯＫ？」

「都好。」

通常我會吃幾口水果，接著坐到那台靠牆擺放的鋼琴前，掀開琴鍵蓋，掀開輕柔覆蓋住黑白琴鍵的長型紅絨防塵布。儘管學過幾年鋼琴，可是不會彈琴。等待小阿姨推薦的鴨肉飯的這段時間就用指尖一再踏點琴鍵。有幾次，不小心使太大勁差點發出琴音。不曉得什麼時候出現的媽媽說要彈就好好彈。典禮地毯般重新鋪好琴鍵布，放下琴鍵蓋。

「小阿姨說桌上有水果。」

「阿姨就阿姨，什麼小阿姨。」媽媽抱怨道。

也是後來，才發現只有自己會使用「小阿姨」這個稱謂，不經意和朋友提到時對方還一臉狐疑問小阿姨是哪個「ㄒㄧㄠˇ」，還以為是什麼罕見的姓氏。可是，之所以一開始會叫她小阿姨，是因為媽媽和爸爸私底下都這麼喊她。排行老么不是小阿姨是什麼？我覺得很合理。直到某天被媽媽糾正說當著人家的面叫小阿姨未免太沒禮貌。小阿姨倒是樂得笑開，說沒關係一直覺得被這樣叫很可愛。

怎麼會都到了這時候才又開始挑起這個毛病？

我對一切快失去耐心。

「咦？你是要出去買什麼？飲料嗎？新的那台冰箱裡有可樂。百事可樂喔！」

見我起身走向門口，小阿姨急著問。

我跟小阿姨說臨時有急事要先回台北。

「也太突然，是什麼事？」

「嗯、房間的事——我房間冷氣之前壞了，一直找不到人來修，剛剛房東打電話說師傅下午有空……我想說先趕回去整理一下。這陣子在忙都沒時間整理，垃圾堆得到處都是。」

「喔、這樣……夏天水電師傅真的很難找，我以前也叫過，叫了快半個月都還排不到時間，熱到快在家裡中暑……那你等我一下。」

小阿姨幫我打包鴨肉飯、前陣子中元普渡拜拜的零食。當然還有一大袋水果。

冷氣當然沒壞。

我沒回台北，而是在新竹高鐵站下車。

我的尋人方式非常陽春，買杯咖啡坐在車站一樓大廳等候椅，操作手機在網頁搜尋格裡填入自己的姓氏和爸爸的名字。突然覺得這樣的過程好像在拼拼圖。或者拼湊屍塊猶如組合肉的科學怪人。

想當然耳，這樣平凡無奇的姓名全台灣有上百甚或上千人。

要是被任何人知道，肯定覺得又笨又荒謬，認為我根本一點找那個人的誠意也沒有。

然而沒有人可以批評另一個人認真做的事。特別是那是他自己的事。Fuck off。

找到了。有一個住在台中市區，經營一家以名字當作招牌的律師事務所。

要是搭車前就搜尋該有多好。但過了就是過了。我繼續找。最近的一個似乎和這裡有一段距離。Shit，為什麼這些縣市的高鐵站都設在鳥不生蛋的鬼地方。數學裡有個叫作「角分符號」的記號，寫作「′」，發音是Prime。事實上，不只是數學，這個符號在物理、化學抑或是音樂領域中都有其各自代表的意義和使用習慣。不過放在相對熟悉的數學世界裡，這個符號通常用來表示某一位置經過旋轉、平移或者其它轉換後所推導得出的相關變量。因此，我向來將這些還沒真正確定是自己爸爸的人，代稱為「′爸爸」。

如果說高三畢業那年誤以為的男子是「′爸爸」，那麼如今這一個，就是「″爸爸」。用英文說就是Dad Double Prime。聽起來有點中二。

步出高鐵站，那時新竹還沒有Uber，鑽進排在頭一台的計程車，關上車門剛在座椅裡調整好姿勢，正準備跟前座司機說去哪裡，一愣，掛在副駕駛座椅背上的司機證，姓名和爸爸一模一樣。坐在駕駛座這個身穿黃舊襯衫頭頂微禿的男子就是自己的爸爸？

「要去哪裡？」照後鏡照出他那雙又窄又長的眼睛。

他不是爸爸。是「”爸爸」。我已經用不著去原本打算前往的地方。「”爸爸」依然透過鏡子瞅著我，或許擔心我是啞巴，還稍微扭著上半身擠出腰間厚厚一層贅肉瞥向後座，讓人聯想到壓縮體積擰出銳利摺痕的寶特瓶。

我跟他說要去新竹火車站。他頓了一下，把頭重新擺正，踩下油門。

車子往前移動。在空調吹送下身體和腦袋都開始降溫，這才恍恍惚惚想著，剛從高鐵站出來的人說要去火車站，好像有哪裡不大對勁。我憋著笑，等笑意在肺部慢慢消散開來後對「”爸爸」說可不可以開廣播。「”爸爸」問想聽哪一個頻道？我回答不要賣藥的地下電台什麼都好。

「”爸爸」扭開廣播，停在一個觸及率頗高的音樂頻道。剛剛差一點點就脫口說出「警廣」。但緊接著轉念一想，他會不會誤以為自己是警察？我不希望自己給對方留下太深刻的印象。

這段時間，他是我的「”爸爸」。可是一旦銀貨兩訖離開某個特定情境與時空，我們就是司機跟乘客的關係。

說起來，父母和兒女的關係，也能夠搭上這樣的譬喻。

廣播播放著對岸歌手的歌，大多是旋律抒情琅琅上口的情歌。服役時，一名長得像米克斯的同袍特別喜歡聽這類的歌。午休一起躺在通鋪上時總把耳機塞過來要我聽一聽。「你聽一聽。」老實說，每一首都不難聽，可是奇怪的是，聽久便覺得這一首和那一首沒太大區別，就是讓耳邊持續有著聲音而已。說起來，那位米克斯同袍還真是個奇葩，某夜在浴室尖叫衝出淋浴間，問光著身子晃著屌的他怎麼回事，他說裡頭有蟑螂。怕蟑螂不稀奇，令人訝異的是他說從來沒在自己家裡見過蟑螂。不知道為什麼，很想推薦他看一看《變形記》。可能就好像之後聽到每個嚷嚷著想死的人，就讓他們買一本《異鄉人》。

熟悉的音樂冷不防傳進耳裡和回憶產生共鳴。原來過去的事也可以有聲音。

你身上有她的香水味
是你賜給的自卑
你要的愛太完美
我永遠都學不會

是〈香水有毒〉。胡楊林唯一唱紅的歌。

「毋知是佇歧啥潲。」

唱到真假音轉換歌曲高潮處，「〃爸爸」忽然間冒出這麼一句。切換頻道。

我喜歡他冷面笑匠的特質。

如果把他對應回去的那個「爸爸」也有那麼一點點幽默感的話，眼下這個平行時空會不會轉眼間關閉。而在這個平行時空裡死去的我，可能沒有絲毫意義。而更重要的是，另一個時空裡擁有爸爸媽媽一個完整家庭的「我」，到底還是不是「我」？又或者從「我」分歧出的萬萬千千個我之中有那麼一個倖存幸福下去，就好了。

另一個節目播放的歌曲，是孫燕姿首張同名專輯中較為冷門的一首歌。

在她內斂甚至略顯疏離的唱腔裡，逐漸平復情緒。

車繼續往前開。

「亞伯拉罕走了。」還在猶豫該選擇什麼時間點開口才不突兀——實際上怎麼可能不突兀？這句話就從嘴唇溜滑出來，像一隻沒有仔細吞嚥過喉的活魚。

「〃爸爸」沒有回應。我懷疑他可能太喜歡這首有著淡淡哀傷的情歌，以至於沒聽見我的聲音。

所以我又說了一遍。

「亞伯拉罕走了。」

終於，他聽見了。「〃爸爸」映照在照後鏡中的眼睛充滿困惑。

要是他常在台北搭公車，就不會對自言自語衝著空氣說話的人感到訝異。

擔心他趕我下車，抑或報警叫救護車，我掏出手機壓住耳朵。

對方能不能理解自己，很多時候不需要隻字片語，從眼神剎那間的切換便可以辨識。

我像個正常人那樣和電話彼端並不存在的人通話。

「嗯，前陣子剛走。」耳朵被壓得好痛。大概從耳根子一路紅到側頸。「癌症。嗯。我不確定。好像是肝還是胃。」

提到癌症時，那雙眼睛又幽幽飄回鏡子。

比起瘋子，從我口中聽到這兩個字似乎更晦氣嚇人。

「嗯，火化。沒有，撒掉了。」

他又是一看。深鎖眉頭。好像亞伯拉罕的骨灰比飄散在空氣中無處不在的汙染微粒或是新型病毒還致命。

「新竹。」

我提高音量說。可以感覺到車速愈來愈快。

很想將上半身探前跟「”爸爸」開玩笑說麻煩開慢一點你想死我還不急著投胎。

他挺直原本深陷在椅背裡的圓背，如此振作起來的同時也拉開和我之間的距離。

生病死掉的是亞伯拉罕又不是我你怕什麼？

不幸不會傳染。家人彼此導致的不幸才會。

「他老家在新竹。」

我說的不全然是謊。亞伯拉罕畢業於竹中。但他說過自己就算死也不會回來。

抵達火車站。任務完成的「″爸爸」不再試圖掩飾自己的不快。

「不好意思我只剩大鈔。」

刻意從皮夾抽出最後一張千元大鈔，他找錢的時候不得不碰觸到我的手。收回手的瞬間甚至將自然勾起的食指更深入他掌肉的最凹陷處。他不必也不會記得我。不過他可能在未來的某一個moment想起這個刮過肌理紋路的微妙觸感。這就是一片花瓣靜落湖心的最好的理由。

在這樣抒情的場合中我們道別。

在附近買杯手搖飲料後，又招來另一輛計程車。

一坐上車便說。「我要去高鐵站。」

至於阿原的死所引領我找到的「‴爸爸」（Dad Triple Prime），在開始回憶那段旅程以前，得先坦承一件事：那天的中壢母校之行其實還沒有說完。

燙口豬排飯大概才吃三分之一，覺得醬汁比以前鹹膩，多喝了幾口茶，杯底沉澱著幾枚茶葉碎渣，日式拉門「唰」一聲被拉開，酷暑熱氣宛如順著線條滑進。終於有除了自己以外的客人光顧。出現在門外的，是那名不久前才在穿堂走廊背過身去的褐麥色男子。發現彼此的時候我們兩人都頓了那麼一下。下一秒也同時點了個頭示意。門楣並不低，褐麥色男子依舊稍稍壓低後頸進門。

褐麥色男子在我對面那張桌子坐下，背對著我。如果是我也會選擇這麼做。

老闆送上熱麥茶，腋下沒有夾著菜單。

褐麥色男子道謝後點餐。「鯖魚定食。」

沒有鯖魚一夜干，不過有鯖魚定食。覺得自己被擺了一道。彷彿所有人都在阻止我往回找。

我邊咀嚼皮肉剝離的豬排邊注視著他的背。那被POLO衫伏貼住的背部肌肉發達，讓人聯想到河谷，肩胛骨下方兩側隆起中央脊梁骨深深凹陷下去拉出大面積的影子彷彿一條靜河隱隱穿流其間。

霎時，居然真的聽見水聲。

他撇頭往窗外望去。

我也跟著看向自己身側的玻璃窗。

一場雨不知何時籠罩住這間屋子。

我以為自己是長大後才開始討厭雨天的。

如同我以為自己長大後能夠做到很多事。

水流沿著屋簷匯聚順著一條泥灰色管子啪搭啪搭沖打著那尊擺在牆角的陶瓷招財貓。猜想原本應該是想將雨水引導至招財貓前方的排水溝。不曉得管子是沒固定好被風吹歪抑或過於老舊支撐不住短時間內降下過多的暴雨。擺放在招牌貓側邊那盆顏色綠得有夠假的九重葛被雨水打得不斷揮手求饒

——幹你老師怎麼連從弧狀葉面濺彈而起的水珠都輕盈剔透得不像真的。小學高年級，教室後方寬敞陽台也種了好幾盆九重葛，每天最早到學校的同學要負責開窗澆水，下午日頭傾斜照來葉片飽滿的光亮簡直想把整間教室的人閃瞎。

回想起那樣充滿過量陽光的午後，從前讀過的一句詩浮上腦海：蠟質一般的*心*。

以及美國詩人James Wright那首著名的詩，*Lying in a Hammock at William Duffy's Farm in Pine Island, Minnesota*。

最末兩句是：

A chicken hawk floats over, looking for home.
I have wasted my life.
（一隻稚幼的蒼鷹掠過天空，尋找著家的方向
我已然虛度了我的一生）

一種無為的積極，反面的正向。

這就是我沒說完的全部。

之後，比我晚進來的他先離開了。還跟店家借走一把傘。

結帳時老闆說他剛剛幫我一起算了。

坐在開往中壢火車站的公車上，我用手機搜尋了爸爸的名字。

太好了，市區有一個「’’’爸爸」。剛好在我回程的路上。

火車站附近的商圈是由許多條平行的商店街所構成，比主幹線上正經店家的花樣要多更多。「’’’爸爸」在其中一條街的少女服飾店門邊擺了個鬆餅攤，此時已有幾名學生點完餐等著。從經營地點的選擇來看頗有生意頭腦。沒有貿然上前攀談，我站在鬆餅攤斜對面拉下鐵捲門結束營業的扭蛋機店前觀察。看著看著突然懷念起來。這類鬆餅從前學生時代買過好幾次，沒想到現在依然受到年輕人的歡迎。路邊攤鬆餅當然不會像是在咖啡店吃到那種擺盤精緻或者前陣子流行的空氣舒芙蕾什麼雲朵窯烤鬆餅，而是用能在大創寶雅等平價生活用品店找到的鬆餅鑄鐵模烤出來有著一個個方格子的鬆餅。這種厚實的鬆餅特別適合用來夾餡，甜鹹皆可。舉凡巧克力香蕉、草莓鮮奶油、鮪魚黃芥末、韓式泡菜燒肉……甚至還有炸豬排烤雞腿無骨牛小排。

「’’’爸爸」的攤子Google評價還不錯，4.1顆星。

正面評價大多是CP值超高用料實在、手腳快補習趕火車最佳良伴。至於負面的意見則是覺得環境衛生有待改進。笑死人，都買路邊攤了還要求什麼乾淨？乾脆嫌天氣太熱排隊流汗流到地上。那些傢伙光顧的餐廳，廚房不曉得有多少隻蟑螂老鼠，搞不好食材早就過期半年以上——眼不見真的為淨。有人留言建議老闆不要用拿鬆餅的那隻手找錢。這點倒是可以考慮。有間剛上研究所時常去的滷味攤，少年老闆把收錢的喜餅鐵盒直接放在攤子旁的小桌上讓客人自己找錢。

沒有任何一則留言獲得回應。

「〞爸爸」可能不知道自己這間一下雨就會打溼前輪的店已經被網路標記。

最早一則評論在三年前。

這幾年他經歷了些什麼？

半駝著背站在炙熱烤盤前忙得整張臉兩條臂膀全爬滿汗水、看上去明顯年過五十得穿上稍微合身明亮一點的衣服才能勉強掩飾老態的「〞爸爸」，我想像著他這十幾二十年來歷經的種種……不管經歷過些什麼，景氣不佳公司大量裁員中年失業的他頹喪落寞好一陣子，終於重新振作決心開創事業第二春。

是誰在背後支撐著他讓他鼓起勇氣願意再拼搏一次？

是幫他在網路上創建這個店址地標的人嗎？

也是同一個人幫他設計了圖案這麼可愛討喜的招牌嗎？

是一個？兩個？還是三個？

需要多少人的支持才能夠撐下去。我好奇活下去的基礎劑量——穿過狹長馬路，一台機車險些撞上自己。

對方罵了聲「幹」，聽到吼聲的「〞爸爸」在我來到店前就先看到我。

「一份馬鈴薯沙拉的。」我邊說邊掏錢。

明明不是他的錯，但也許是對剛才的意外感到抱歉，「〞爸爸」堆出笑臉，舉起盛裝麵糊的塑料壺往模具一坨一坨疊上去。剩下一些，索性當作殺必死（sabisu）全倒下去。蓋子一重重壓上，多餘的麵糊隨即從周圍擠出來，總有點白費功夫的洩氣感。那幾名看上去剛放學正趕著去補習班的學生提走半分鐘前才從模子卸下來塗上各類抹醬的熱烘鬆餅。只剩下一個客人，一直熱鬧的小攤子頓時安靜下來。「爸爸」專心製作那唯一一份鬆餅。想跟他聊些什麼，又覺得說什麼都是裝熟。畢竟我認識他而他不認識我。

躊躕之際，倒是他先開了口。

他問我是不是那間大學的學生？

我說是。

心裡想說的是曾經是。

他又問我是不是準備搭車回家？

我說是。

心裡想說的是早就已經回不去。

他問我住哪裡。

我說台北。

他說去台北還是搭火車方便。

我說對。

心裡想的是……我的心裡並沒有在想什麼。

鬆餅快好了。今天的我可能也是。

「一共五十五元。」

「塑膠袋不用。」

我接過紙袋。溫度比想像中高。

正準備離開，攤位後方那間少女服飾店自動門悠悠打開。伴隨一股冷氣竄出，一名約莫四十多歲的女人捧著一盤紅豔豔切片西瓜腳踩細跟羅馬鞋出來。空氣霎時變得冰涼沁甜，吞口口水還能嘗到一絲鹹鹹海鹽獨有的礦物味道。

「來吃水果。」

塗著淡綠色眼影跟異形沒兩樣的女人嘟囔。

「"爸爸」語焉不詳應一聲，接著用剛剛幫我製作鬆餅的那雙手捏住西瓜向兩側揚起的嘴角，發出很難聽很難聽的聲音大口吸吮起來。一轉眼他已經啃完一片，把西瓜皮隨手往服飾店旁的窄巷一扔，又立刻捏起另一片。

曾經想給他的一顆心，如今能給他的只有一顆星。

我咬一口鬆餅。

還沒咀嚼口鼻腔便竄上一股酸味。

這天氣馬鈴薯沙拉說壞就壞沒在跟你客氣。

手腕稍稍放鬆，一軟，只咬了一口的鬆餅順勢從紙袋袋口滑出掉在濕漉漉地上。送你蟑螂老鼠。

在這趟小旅行中歸零。

21

能夠忘掉一切的人是不是很幸福？

應該……會很幸福吧？

真的——是這樣嗎？

有時候會和自己琢磨起這個問題。

第一時間想到的，還是小學養蠶寶寶的事。有一陣子突發靈感，每天準備兩三包桑葉想卯起來把蠶寶寶餵到撐死。想也知道，蠶寶寶還沒撐死，我的零用錢倒先見底。這就是無法保存記憶的人最佳的寫照吧。不斷開闔著那張小嘴的蠶寶寶。

覺得很累。不能用這樣的精神狀態回家。

那個由我和阿成兩個人組成的家。

推開Champagne Risotto的門。

比任何擁有過的「家」都還熟悉的空氣。

有那麼一瞬間由衷感到幸福感覺全世界所有人都放了我一馬。

照理說應該有小貓兩三隻的午後，店裡除了店長沒有其它人在。

「你在幹嘛？」

「試做新菜色。」

「什麼菜？」還是你終於願意把自己盛上盤子了？好想補上後面那句話。但該死我就是不肯放過自己。

「漢堡排。年輕人好像很喜歡。」

漢堡排……現在還多了日式料理啊。這家店品味愈來愈混亂了。我真愛。

「喔，漢堡排我也喜歡。」把郵差包往空位一放，我拉開另一張高腳椅坐上，手肘抵住櫃檯撐著臉頰，一如往常。

「等一下弄好再給你試吃看看。」

他這麼一說，我鬆開手，伸長脖子往櫃檯內瞄去。還在攪和絞肉調味前製階段，他手上的塑膠手套沾著帶有黑胡椒粒的肉屑，透明鉢裡混合在一塊兒的牛豬肉散發出略微腥味，和店裡長年以來瀰漫的咖啡香氣有些扞格。我縮回身子，他雙肩一震一震在我無法觀察的死角繼續進行他的料理。

「看網路上的食譜說這樣做可以把空氣打出來。」

他說到「打出來」這三個字的時候我有了一點反應。

彷彿知道我想幫他打出來想了很久很久，他迅速瞥我一眼。
拋打肉排的聲響停頓兩拍。接著又開始。
「我不喜歡太薄的漢堡排，吃起來很像現成的，口感也不夠。可是也不要太厚，要不然吃到最後會覺得肉味太重、很噁心。最好再加一顆荷包蛋，半熟的那種，學生看到荷包蛋一定會覺得很划算。」
「荷包蛋啊……到時候蛋要多買幾盒。」他呢喃道。
我喜歡「到時候」這三個字。好像具有實體的磚瓦能夠建構出一個明確的未來的畫面。
「冰箱剛好還有。」他拉開冰箱門看了看，取出一顆。「最後一顆。」
漢堡排遇熱後發出好聽的滋滋聲，之前的肉腥味一轉眼轉變為讓人忍不住吞好幾次口水的濃郁香氣。他放一大塊奶油、切片蘑菇和整顆的大蒜，加入鹹甜鹹甜醬汁的剎那我差點跳進櫃檯幫他打蛋。
幹，動作不快一點到時候客人會不耐煩。
到時候。
「快好了。再煎一個荷包蛋就好了。」他明白我的急性子。
「你覺得蠶寶寶認得出蛾嗎？」剛聽到蛋殼被敲碎，我便問道。
「我不懂你想問的意思。」
「我想問的意思是……蛾跟蠶寶寶外形上不是差很多嗎？看起來根本就是兩種完全不同的東西。

那樣的話，還沒變成蛾的蠶寶寶，會知道那也是自己嗎？我們有沒有可能不認得未來的自己？」

「當然有可能。雖然我不是蠶寶寶。」

我笑一下。目光落往檯面。模糊的臉孔淺淺附著在上頭。

「我們之前想找的人、想幫的人，是壞人。」

「嗯，這也沒辦法。」他把荷包蛋俐落鏟起往漢堡排一蓋。「完成了。你吃吃看。你先吃，我去倒一下垃圾。」

這是我這輩子吃過最好吃的漢堡排。

我坐在高腳椅上，雙手撐住膝蓋，看著眼前只剩下醬汁的空盤。

是不是應該捧起來舔乾淨？像狗那樣。

身後驀然傳來敲打鍵盤的聲響。

原來店裡打從一開始就不是只有店長一人。

熊編劇剛剛去上廁所——不對，時間這麼長，比較可能是打電話。

但考量到工作型態，便秘的機率更大。

邊在心底惡搞他邊抓來郵差包。

之前回台中老家，進房間想找某件名牌大衣帶回台北過冬，順手整理書櫃，意外發現那幾本校刊。隨手抽來一本翻了翻，差點沒把午餐吃的燒臘便當吐出來。上頭刊載了一篇短篇小說。高二時寫的短篇小說，三千字左右。當時想買遊戲機試著投稿校內文學獎，篇名叫〈養蠶的男人〉。

結果沒得獎，第一輪投票連一票也沒有。

不甘心。

倒不是對於名次感到不公，而是覺得浪費好幾個小時卻一塊錢也撈不到。

靈機一動，心想寫都寫了不如轉投校刊看能不能賺些稿費。

站著讀完十多年前寫的小說，第一個心得是：人果然不能貪小便宜。

寫得真爛。他媽的爛。

最慘的是留下永久性的書面證據。

幸好校刊的讀者從來不多，會看的大多是投稿者本人。

當然，他們也只看自己被刊登的部分。

我滑下高腳椅，想拿給熊編劇讀一讀。

希望他能像個心理醫生那樣剖析自己的創作動機。

參賽作品：養蠶的男人

午時。

日光燦爛，冗長街道在熱氣蒸騰中略顯歪扭，恍恍惚惚像支半透明的可樂瓶子，充滿無數粒細瑣氣泡，宛若隔著一圈玻璃觀看，熱鬧得安靜。

早上新鋪展的柏油路一片黑亮，映射出讓人聯想到爬蟲動物的冷調膚色光澤，將斜竄於圍牆頂緣的樹葉照得透薄。猛然一瞧，一叢叢塑料裝飾似的太不真切。

假使將脖子朝右方擰過去，一扇半敞開的白鐵門便映入眼底。假使稍微彎俯身子，壓垂視線，彷彿光道能折角轉彎，從那道咧張著的空縫，你能看見那戶人家漆色斑駁的灰牆，上頭生動蹦爬了無數尾壁虎狀裂痕。

如果真靈活娑動起來，爬，爬，爬——再爬再爬，能看見牆上一面徹底拉開的窗子。從那規整的方形空洞中，能看見一名男子定坐於彼。你不得不好奇，他到底為什麼好端端坐在那裡？目光捏緊一些，氣泡接連紛雜破滅，你似乎能聽見一連串極其微弱的袖珍爆炸。至於爆炸過後，則是愈加死寂的午後時刻。

好靜謐之中，你終於看清楚那名男子的模樣。他右手撐住臉頰，臉龐被掌肉勒出窗帘皺褶扯糊開表情，眼神斜插往左下方去，不曉得正注視著什麼。所幸，你已足夠聰明，顫抖著挪了挪身軀，發現他正凝視擺在書桌上的一個塑膠盒。理應透明的塑膠盒，或許沾黏指紋還是手垢，呈現一片灰白，盒蓋上頭鑿鑽一顆顆雞皮疙瘩般的俐落小孔，宛如氣泡破裂的瞬間被凝止住。

目光收束堪比針尖，麻麻癢癢，仔細刺穿過其中一個孔洞，那動作太溫柔，像是縫合起了些什麼。於是，你只得睜大眼，努力看見一大片潔白雪地，以及一大片突兀的、不合時宜的嫩綠草原。直至你柔軟撞上那樣東西，用力眨眨眼睛，才終於又一次鐵錚錚變得實際。而那股實際，緊接著教你發現，自己使勁衝擊、拼命撞上、卻如何也無法受傷的東西，原來是隻巨大無比的蠶寶寶。

驚訝的同時，你也是對自己的想法感到可笑，竟然會在如此巨大的東西身上冠上「寶寶」一詞，「習慣」這個動詞，實在足夠可怕。調侃暫告一段落，你放鬆眼神，視線隨之渙散，讓雪地皺成衛生紙，草原萎返桑葉，而原本猶如怪物的蠶寶寶，真的安安靜靜當回了酣眠熟睡中的，寶寶。

思緒漫漶得入神，有那麼一剎那，你突然忘記自己到底在注視著什麼。乍然回神，才驚覺蠶寶寶肉軀上的每一條勒痕，居然如此灰黑深刻，將整條白皙肥嫩的蠶寶寶綑綁出一圈圈顯眼的皺褶，彷彿新生兒柔軟的多肉腿足。對於自己的想像，你覺得荒謬，怎麼會將蠶寶寶誤認為一隻年幼的腿呢？即使太相像，也不該這樣想像。

低低責備幾聲以後，你益發清醒，思考，倘若男子是條魚，自己肯定無法辨認他是醒或睡。所幸，男子跟魚一點也不像，不至於教這滯止的午時怎麼也無能走動。然而這著實讓你興起另一股困惑，從那蠶寶寶臉上的碎粒眼睛，要如何知曉是睜是闔是醒是睡？甚至——你開始懷疑，即使自己咬牙忍著不眨眼，究竟能否確切指出這尾蠶寶寶是生或死？好似覺察你的焦慮，蠶寶寶略微扭縮一下身軀，擠出多一圈肥膩，無言聲稱自己尚且活著。

蠶寶寶胖了一下的瞬間，你並沒有發現男子笑了，宛如那層脂肪真的與你切身相關。

因此你無法明白男子之所以笑了的緣故。你只能揣度，男子收斂笑容的下一秒鐘，或許想起自己小時候養蠶寶寶的那段回憶。那時候，他太專注於拉拔自己的蠶寶寶，以至於不知道原來每個人的國小生活也將和自己一樣。思慮及此，他又短促笑一下。這次笑容過後，他夾起眉頭，一面無奈於自體腔深處緩慢泌滲而出的畏懼，一面決心認真想起那段日子。

國小時，與大多數同學不同，他不願在狹仄的塑膠盒裡頭塞進太多蠶，只想專心養大一隻寶寶。故此，每當同學興奮掀開盒蓋，彼此炫耀那簡直跟蛐蛐兒沒兩樣相互簇擁推擠搭疊到處竄動的蠶軀，他便一邊按捺嘔吐的情緒，一邊低掩頭，視線亂雨般急切穿過那萬千浮凸小孔，尋找自己捧在掌中那盒裡唯一的白皙寶寶。很快地，就只感到幸福了。

即便如此，可你不能真正責備那群孩子，因為實際上他們稱職背負起養育的責任。儘管無法提供充足的生活空間，他們卻供應了再充足不過的食糧，將那群蠶餵養得白白胖胖，簡直不像是蠶了。一包接著一包的茂盛桑葉，他愈看愈覺得喉頭膨脹起來，甚或油然湧上一股「那也是自己的零食」的錯覺。在不到一小時的短暫午休時分中，夢見自己是隻貪吃的蠶寶寶。醒來後的第一個念頭，他不只感到熟悉，同時也為自己原來不是隻蠶寶寶深覺慶幸。謹慎眨巴著眼睛，益發清醒後，他繼續看著另一群相同的孩子餵養另一群相同的蠶寶寶。即使理應已經熟悉，卻又稍微感到陌生，譬如他曾經以為藉由「陌生化」的過程，能教人更懂得珍惜身邊所有。

下課鐘聲響起，提醒眾人準備一起醒過來。他有時看見凝固了一層菜渣油垢的磨石子地板上頭，幾隻蠶寶寶正在蠕動（他覺得只有過於仔細的自己能看見那些蠶寶寶正確確實實一節一節緩緩推動身軀前進）。他不曉得那究竟是被他們放出來蹓躂的，抑或是單純被更多更肥胖更貪心的蠶寶寶給擠出塑膠盒而已。他只知道，藏身於斑斕地板上的蠶寶寶，往往一轉眼稍一疏忽，便會被某隻鞋踏嵌入地黏黏膩膩，連骨頭也沒有（這譬喻教你記起了原本不存在的東西本來便沒有一般）。他想起，曾有一位同學將蠶寶寶塞進鼻孔，笑稱這是鼻涕。而這回憶，也令他不由得進一步思索，倘若清潔指甲縫，將地板上那碎體裂軀沾裹滿身異世界般綠色黏液的蠶寶寶摳下、富有情感地鑽入鼻孔，會否哈啾、哈啾——更逼真一些。

這些他自然無法知道。畢竟他那時候仍然太年輕。

除了這近乎鬧劇的想法外，也得歸咎於他那太粗糙的指頭，使得你倏忽從他年幼的國小時代被硬生生拉遠開來，雞蛋裡挑骨頭察覺他下顎胡椒粒似的細小鬍碴。或許是因為你的手指過於細緻，你積極好奇當一個人的指頭變得粗糙之後，會有什麼感受？你瞇窄眼皮，貼近他那織結一層層灰白皮肉好似丘陵和緩凸起的指腹。直到清晰柔軟撞上，眼底刺激得泛起淚光，你才明白那原來是繭（你應該不知道那是繭你應該知道，因為你太年輕因為是你）。

你嘆了口氣，覺得氣餒，因此沒發現他又迅速笑一下，並且在那一瞬間，他的雙眼成功養出了兩尾優秀的臥蠶。而那是你先前忽略時未及忽略的部分（畢竟只有女人才總說男人的臥蠶真吸引人）。

他為什麼又笑了呢？如果你發現了，肯定會好想知道。你只能知道，他正凝視著自己指頭上的繭，你方才攀爬過的山丘。可當你知道了，他卻又不笑了，而那兩隻蠶旋即沉入他的臉孔，像是他從未養過一般。

至此，你突然覺得熱起來。

午時日光愈來愈白，讓整條街扭曲得快要炸開來。

你好熱。好熱。好熱。

這時候，他的手指輕微顫一下，擦觸到塑膠盒，整片視野頓時擺晃了好一會兒。重新調整焦距的過程，你不再注意氣溫。愕然發覺那尾不知是醒是睡是死是活的蠶，眼睛慢慢咧張開來，身軀漸漸膨脹起來。這些細微的變化不只令你感到驚奇，也讓他又一次變得年輕。遇見了相同年輕的她。

你自然不認得她。畢竟你連自己與他之間的關係尚且無法肯定，又如何確切喊出她的稱謂呢？於是，幾乎等同於局外人的你，只得耐著猛劇日光，見他見她。

起初，如同當年，他一逕傻楞楞注視著她。可這回，他教自己別忡怔太久，而這份提醒稱職令他記起了，她曾在他略微瞇起眼、隱隱約約笑了的時候，一面撫摸他的臥蠶，一面說你的眼睛好可愛。那時候，他天真以為她和自己一樣，回想起那段養蠶寶寶的時光。

大概是因為一直提及蠶寶寶的緣故，他不免聯想到中國古代的神話人物，嫘祖。由於嫘祖養蠶製絲，使得製絲紡織成為中國往後幾千年以來女人的重要職務之一。思念至此，他忽地愕然，因為他始終誤解了，他從來以為，嫘祖和蠶寶寶之間的關係，就如同母親照看孩子一般。可他這會兒才真正明白，媬祖的目的根本無關乎蠶寶寶，甚至，她為了取得具有實際作用、經濟價值的蠶絲，極其自然將蠶寶寶扔入滾水中熱熱鬧鬧燙死。

這才是她的真面目。

自己怎麼到現在才察覺呢？他問，他告別她，迅速老起來。

你覺得自己好像快要被滿街貪心的日光擠去另一個地方。

你覺得他好像終於瞇窄眼睛看見了正一吋吋消失的自己。

你覺得他讓自己始終咧嘴笑開。

等待天黑以後，他會割開指頭上的繭（假裝年輕），剖開眼睛底下的臥蠶（如此便不會太男人），對於怎麼都找不到那隻會說話的蠶感到疑惑。

無所謂一切又將從頭。

「你覺得怎麼樣？」

熊編劇一臉為難。

「直說沒關係，反正是我高中時候寫的。」

「這裡面的『你』跟那個男人好像隱約有什麼關係，但是線索太少了，目前實在看不出來想表達什麼。」

「喔、喔……已經有點接近了——裡面的『你』在觀察的那個男人，其實是『你』的爸爸，但是『你』出生不久死掉了……所以基本上這篇小說，是想透過那個死掉的孩子的視角來傳遞一個痛失孩子的爸爸的心境。」

聽完我的解釋，熊編劇的表情依然尷尬。

「你隨便說一下感想就好。」

「文筆老實說有點糟。感覺很做作，也太文青。不過如果是高中生寫的，其實已經算不錯了。」

22

我坐在餐桌前，等待阿成回家。

他就快到家了。

一切突然聯繫起來。感覺很不可思議，卻又異常真實。

生活——或者生命中那些看似無關的事，竟然有一天會彼此共鳴，甚至在進一步挖掘以後，發現原來有著密不可分的緣分。

而那是在很久很久以前就已經決定好的事。

該怎麼跟他攤牌才好？

「是你殺了蔡漢杰嗎？不，或者我應該叫他，蔡進發？」

我練習著台詞。熊編劇不曉得會不會吐槽我寫得有夠爛。

關於那起泯滅人性的女童性侵案……我在圖書館找到當年警方逮捕犯人的歷史資料。雖然圖片解析度不高，又有衣物遮去加害人的大半張臉孔——但額頭上那塊肌理扭絞的燒燙傷是最好的印記。

就是這個人……就是這個人當年拐走你的妹妹侵犯了她。

她就是無法擺脫心中那塊巨大陰影才會選擇自殺的吧？

我是將你們兩個連起來的那個人嗎？

你是因為想征服男性才喜歡男人嗎？

不——動手的也有可能是阿成的竹節蟲學長。

也許我會像之前一樣靈機一動，衝著阿成囁嚅質問道：「不是你殺的，對吧？蔡老先生是……是你學長殺的、對吧？對……必須有誰在這個時間點以相同的手法被殺——才有可能重啟當年陽明山繭屍案的調查。那個案子是你學長從警生涯中最大的遺憾，他肯定不會甘心放棄、這四年來肯定每天入睡前都在想著這起命案。對、對……在古坑發現的死者是一個契機……但光是古坑那起命案還不夠……畢竟人都死了十年了……」

冷掉的案子只有澆上足夠的新血才有辦法重新熱起來。

我猜想——如果讓態編劇來寫這個故事的話，大概會這樣結尾吧？

這樣是相對完美的結局。

在戲劇裡我們深愛的人都不會也不應該犯罪。

「爛透了。」

我對著空氣說。

就這麼一點才能也敢批評我的小說寫很爛。

「我希望蔡進發那個人渣就是你殺的。」

那種破壞了別人人生的人渣不管殺幾次都太便宜他。

我望著面前平時並不會特意關起的門。

好像看見了童年那扇頻頻顫抖的房門。

我猜想——殺死那些老人的每一個人，除了為自己的人生討回一些公道以外，罪惡感是不是會比一般兇手少很多很多？他們會不會為了減輕那份殺人的罪惡感等了很久很久等到那些人變得夠老不記得曾經幹過的好事甚至開始把大部分的自己一點一點忘掉才有辦法下手？他們是這樣溫柔。

直到有辦法說服自己從某個層面來說，也是在為社會節省資源。

儘管他們面對不同的困境，卻選擇了用同一種方式解決。

犯罪的集體潛意識。

到最後，我決定什麼都不跟阿成。或者他們所有人說。

這是對真相的共鳴與致敬。

先從自己能做的開始做起吧。

下定決心以後，重新在餐桌前調整好椅子的位置，掀開筆電，覺得光線很刺眼。非常非常刺眼。

瞇著眼在搜尋格內輸入他的名字。

以前我都叫他「爸爸」。

不知道沒有試著找他的這幾年他過得好不好？

喀。

我按下Enter。

當我找到他的那一天，他最好已經把我從記憶裡清空。徹底忘掉。

（全文完）

要推理90　PG2621

要有光 FIAT LUX

空繭

作　　者　游善鈞
責任編輯　喬齊安
圖文排版　陳彥妏
封面設計　劉肇昇

出版策劃　要有光
發 行 人　宋政坤
法律顧問　毛國樑　律師
印製發行　秀威資訊科技股份有限公司
114台北市內湖區瑞光路76巷65號1樓
電話：+886-2-2796-3638　傳真：+886-2-2796-1377
http://www.showwe.com.tw
劃撥帳號　19563868　戶名：秀威資訊科技股份有限公司
讀者服務信箱：service@showwe.com.tw
展售門市　國家書店（松江門市）
104台北市中山區松江路209號1樓
電話：+886-2-2518-0207　傳真：+886-2-2518-0778
網路訂購　秀威網路書店：https://store.showwe.tw
國家網路書店：https://www.govbooks.com.tw
總 經 銷　聯合發行股份有限公司
231新北市新店區寶橋路235巷6弄6號4F
電話：+886-2-2917-8022　傳真：+886-2-2915-6275

出版日期　2021年8月　BOD一版
定　　價　340元

讀者回函卡

Printed in Taiwan

國家圖書館出版品預行編目

空繭/游善鈞著. -- 一版. -- 臺北市 : 要有光,
2021.08
面； 公分. -- (要推理 ; 90)
BOD版
ISBN 978-986-6992-89-6(平裝)

863.57 110012034